时光里的村庄

方秀英 著

宁波出版社

图书在版编目（CIP）数据

时光里的村庄 / 方秀英著. -- 宁波：宁波出版社，2024.6
ISBN 978-7-5526-5214-7

Ⅰ.①时… Ⅱ.①方… Ⅲ.①随笔—作品集—中国—当代 Ⅳ.① I267.1

中国国家版本馆 CIP 数据核字 (2023) 第 231121 号

时光里的村庄
SHIGUANG LI DE CUNZHUANG

方秀英　著

出版发行	宁波出版社
	（宁波市甬江大道 1 号宁波书城 8 号楼 6 楼　315040）
责任编辑	罗樱波
责任校对	虞姬颖
装帧设计	金字斋
印　　刷	宁波白云印刷有限公司
开　　本	889mm×1194mm　1/32
印　　张	9
插　　页	8
字　　数	173 千
版　　次	2024 年 6 月第 1 版
印　　次	2024 年 6 月第 1 次印刷
标准书号	ISBN 978-7-5526-5214-7
定　　价	68.00 元

如发现缺页或倒装，影响阅读，请与出版社或印刷厂联系调换
电话：0574-87248279（出版社）
　　　0572-87328764（印刷厂）

· 山上方，风车转动山花黄

尤才彬 / 摄

· 跟着霞客游王爱

方秀英 / 摄

·小桥流水有人家

周衍平 / 摄

方秀英 / 摄

周衍平 / 摄

周衍平 / 摄

3

·诗话宁海

尤才彬／摄

尤才彬／摄

· 前童行会

缪军/摄

缪军/摄

· 四张千工床

方秀英/摄

· 葛招龙的人生戏台

尤才彬 / 摄

周衍平 / 摄

周衍平 / 摄

· 宁海平调,不平常的腔调

· 乱弹守护人

方秀英 / 摄

徐培良 / 摄

· 乱弹守护人

徐培良 / 摄

· **热气腾腾的冬至圆**

方秀英 / 摄

方秀英 / 摄

· **从长街蛏说起**

方秀英 / 摄

· 端午漫话

陈明纲／摄

· 只此"青"绿

卢学伟／摄

・农家"十二大碗"

徐培良 / 摄

• 送炒粉

周衍平 / 摄

王肖飞 / 摄

・时光里的村庄

尤才彬/摄

方秀英/摄

· 绿色山洋

徐培良 / 摄

· 话说白溪

徐培良 / 摄

·国庆假期的葛家村

方秀英／摄

·大樟树下议事

方秀英／摄

·石头村的致富路

方秀英／摄

序

沉甸甸的乡愁

赵淑萍

"天下旅游,宁海开游",宁海是一个令人心仪的地方。这里不仅有灵山秀水,还有丰富的人文底蕴。自宋以降,叶梦鼎、胡三省、方孝孺、童保喧、柔石、潘天寿等名人都耳熟能详。那前童古镇的小桥流水、浙东大峡谷的清流飞瀑、许家山的沧桑石屋都引人入胜。

但是,作为一个外客,我对宁海的印象还是碎片化的。读方秀英的《时光里的村庄》后,胸中就有了一个立体的多元的宁海,无论是从地理坐标还是从时间轴上。而且,这个宁海活色生香,有颜色,有味道,还有温度。

作者是从宁海大山里出来的女儿。那个叫山上方的村庄,其实是山藏方。当年方孝孺拒绝为朱棣起草即位诏书,罹灭十族之祸,其家溪上方被毁,同族方克浩逃难至此山上匿居,于是,保留下方氏的一脉骨血。作者从山上方开始,带着读者进行了纸上的行旅,如下畈村、梅花村、平岩村、葛家村、眠牛山、王爱山、前童、白溪等。这些地方的风土物华、人文掌故她如数家珍。因为她对历史文化的热爱以及对故园家山的熟稔,文中满满的都是干货。她钩沉历史,告诉你那些时光深处的故事,比如平岩村的植棉往事、山洋村的革命壮举、一市曾经的繁华航帮、王石岙的"八一大台风"等。《石镜精舍门前》一文,很是令人动容。笔者也数次去过前童,却从来未去过石镜精舍。这曾经是个闻名遐迩的书院,大儒坐镇,才俊云集,书香萦绕。如今,在南岙,竟是一片荒凉萧条,仅有方孝孺手植的几棵古柏坚强地屹立着。"眼前的精舍,厚重的木门关住了寂寞,怎一个荒字了得!院落青草萋萋,是覆盆子和里蒜的天地。三楹瓦屋,外墙斑驳,梁柱败落。中厅立着方孝孺先生的雕像,满面尘灰,上悬'人间正气'匾额。"看到此处,我心戚戚。那是对圣贤的景仰,也是对斯文之地未引起足够重视的痛心。她向你描述"千万工程"中乡村振兴的勃勃生机。比如网红村大佳何镇葛家村。"走进村里,浓厚的乡间艺术气息扑面而来,忆耕馆、仙绒美术馆、和美院、贝壳园……这些报道里出现过的景点——在眼前完美呈现。这里的村民都非常热情,很多院子都是敞开的,游客经过,主人会热情相邀,纯朴亲和如家人。"习总书记说,要立足中国大地,讲好中国故事。而作者立足宁海大地,纵横开阖,生动鲜明地讲好了那一个个乡村故事,时时让人有一种代入感。

作者的父亲,是一位手艺人,一生走南闯北,早年在宁海深山为乡民打造雕花木器,后来到甘肃、青海等地从事佛像雕刻行当。受父亲的影响,作者也酷爱绘画、雕凿等手艺。也许,由此滋生的是她对非遗的深厚的兴趣。她赴前童行会,观察鼓亭、抬阁、秋千等会器;她探访古戏台,调研千工床制作,还采访了不少非遗传承人,如"克隆"古戏台的葛招龙,守护宁海平调的唐洁妃、叶全民,凭着记忆整理白峤乱弹剧本的陈孝渊等。非遗是真实的历史见证,是民族精神和文化的认同。关注那些濒危的非遗项目,为此发声,本身就是一种传承。而且,这不仅需要热忱的心,还需要专业的修养。作为一位文学老师,她在地域文化的研究和传播方面下了相当的功夫。

宁海美食众多。记得,有一次我们去桑洲看油菜花,品尝麦饼和青麻糍,齿颊留香,余味悠长。这也是我对宁海倍感亲切的一个重要的因素。文集中有专门的篇章介绍美食,如鲜美的长街蛏子、清香的青麻糍、清冽的番薯烧、热腾腾的冬至圆、昔日农家厚实的"十二大碗"、爱心甜点炒粉糕等。这些美食中有亲情、乡情和岁月沉淀的人生况味。写到美食,作者那惯于勾连古今、飞扬洒脱的笔顿时就变得纤巧、细腻。她的文字平和冲淡、娓娓道来,时不时地触动我舌尖上的味蕾,勾起儿时的记忆。

整本文集,字里行间,都是浓浓的、化不开的乡愁。质朴的文字、亲切平和的讲述中,饱含着作者对故乡的殷殷深情。同时,不乏新颖的视角和内蕴的巧思。

作者和我,是志趣相投的文友,也是开放大学系统的同人。我和她共同任教地域文化课程。这门课曾入选教育部课程思政示范课程,我们也同时入选了地域文化名师团队。这对我们是一种肯定,也是一种激励,激励着我们在文学领域耕耘的同时,也积极投入地域文化的研究和传播中。《时光里的村庄》既有一定的文学性、学术性,又有鲜明的地域特色。它温暖而知性,充满思辨又深接地气。让我们留住乡愁,让地域文化"活"起来。

2024年2月

(作者为中国微型小说学会副会长、宁波市海曙区作家协会主席)

目　录

第一辑　乡韵·行旅

山上方，风车转动山花黄 …………… 002
从岔路走起 …………………………… 005
又见花开 ……………………………… 010
跟着霞客游王爱 ……………………… 015
白峤寻古 ……………………………… 020
小桥流水有人家 ……………………… 027
石镜精舍门前 ………………………… 038
重上连头山 …………………………… 044
诗话宁海 ……………………………… 053

第二辑　乡艺·拾遗

前童行会 ……………………………… 060
父亲的手艺 …………………………… 067
久木房的木 …………………………… 076

四张千工床 …………………… 080
走近古戏台 …………………… 084
葛招龙的人生戏台 …………… 090
宁海平调，不平常的腔调 …… 100
乱弹守护人 …………………… 109
红色家书 ……………………… 119
母亲的"成语" ………………… 123
胡陈青麻糍 …………………… 134
古镇里的地域文化课 ………… 137
父亲的故乡里 ………………… 141
引路人叶柱老师 ……………… 147
一市航帮 ……………………… 153
王石岙"八一大台风" ………… 159

第三辑　乡食·寻味

故乡的美食 …………………… 166
第一次做水饺 ………………… 171
热气腾腾的冬至圆 …………… 174
从长街蛏说起 ………………… 179
端午漫话 ……………………… 184
只此"青"绿 …………………… 188

番薯烧里有春秋 ················ 191

农家"十二大碗" ················ 195

寻味时堂 ················ 199

送炒粉 ················ 204

柿子红了 ················ 208

第四辑　乡建·追梦

时光里的村庄 ················ 212

绿色山洋 ················ 219

平岩故事多 ················ 227

话说白溪 ················ 235

石头村的致富路 ················ 240

国庆假期的葛家村 ················ 246

大樟树下议事 ················ 251

锦绣花园 ················ 254

追梦山水间 ················ 258

秋来榧坑 ················ 261

花开东山,桃出中堡 ················ 267

后　记 ················ 274

第一辑　乡韵·行旅

山上方,风车转动山花黄

王小帅在《薄薄的故乡》里有这样一段话:"你可以失去故乡,但不可以失去记忆。记忆将成为另一种故乡本身,很多时候,你可以通过记忆回到故乡,无论你身在何时,何处。"我也常常通过记忆回到故乡。

我的故乡,有个极简单的名字叫山上方。顾名思义,就是山上住着姓方的人家。故乡,在高山之上,山路十八弯,曲曲折折、盘盘转转才能到家;故乡,在高山之下,四面环山,如婴儿般依偎在大山的怀抱;故乡,是白云生处的方姓人家。

故乡,却有着极不简单的故事。小时候,胡子花白的村主任老爹反反复复地给我们讲大戏,讲到深情处,一腔热血,两行热泪。他讲述我们的祖辈是如何借着饭甑逃难出来的,方正学又是如何舍生取义、自求用两块木板夹身锯死的。方氏祠堂里记载着历史沧桑,不同的戏班在古老的戏台上演绎着熟悉的剧目,从古唱到今。村边的灵泉古寺,历经多个朝代，时兴时败，香火袅袅到现在。古井水千年依旧，清澈见底。那是我们儿时的文化广场，和蔼的跛足尼姑师傅总会摘下殿前的菊花或木槿花插在我们头上。

少小离家，再回故乡时，惊诧故乡老了，人走屋荒，到处是残垣破墙。村里最大的道地早已被夷为平地；爷爷奶奶去世后多年，斜阳照断了墙壁，如今已不留片瓦；外婆家也只剩下一堵墙，没板的门关不住旧家当；我家的老房曾经在风雨中飘摇成吊脚楼，现在只剩平地一片，上面开满了美丽的野花，破罐杂草长。四十年前的白发老人早已作古，四十年后的白发人当年曾青壮。风沙吹老了岁月，后门的芬妈妈白了头发，平奶奶比当年更矮了。我甚至怀疑，这就是我儿时的故乡吗？看不到儿时的伙伴，听不到欢畅的溪流，陌生又寂静。

这几年，故乡又美得让人心碎。摄影大师山水尤的镜头里，故乡的茶园还是绿油油的，梯田青黄相接。穿过云雾，我似乎回到了年少时光。风车在故乡的山顶上转动起来。山路越来越宽，故乡越来越美，观光客越来越多，露营，驴行，望府楼上看日出日落、朝雾晚霞。初夏季节，故乡的山笋和覆盆子是我最牵肠挂肚的，白枇杷下市，杨梅又将上场，想得口水都流出来了。

这个季节，故乡最美的是那满山的黄花，还有那些看花的人儿。在微信朋友圈里，我看到了很多友人去了我的家乡。麦芽是我儿时一起嬉戏、学习的伙伴，我们在故乡的小学一起听方贤蒙老先生的语文课。她志在四方,走南闯北三十载,归来仍是少年。初中隔壁班的美女同学紫嫣,年年去我家乡看花。几度芳草绿,几度霜叶红,她却山花插满头,天真如初。成妈是我朋友圈里最会做美食的美妈,每天的食物都变着新花样,看得人牙齿直打架。我曾感慨谁那么好福气娶了她,后来才知晓我们高中班级里帅气的副班长居然是成爸。爱美食的人都爱生活,成妈陶醉在花海里,幸福像花儿一样绽放。成爸的镜头里,我们看到的成妈比西施还美丽。看到朋友圈里发满故乡的花,不由得又怀念我的故乡,便在同事绒面前絮絮叨叨着我的乡愁,她说代我去看看故乡。不爱拍照、不爱晒图的她将背影留在我的故乡,将故乡带到了我的眼前。

回到故乡,没有了可回的家,我便成了外乡人。乡音不改,儿童不相识。故乡有时不再是一种存在,只是一种记忆。我儿时的玩伴麦芽生性乐观洒脱,喜欢畅游天下。她说天下没有远方,人间都是故乡。

是啊,别再感慨回不去的故乡,故乡永远不会拒绝任何一个在外漂泊的孩子,他乡也是你的故乡。和我一起,赴故乡之约,见故乡之人。春来品茶插秧,夏来赏花乘凉,秋来稻谷飘香话桑麻,冬来看雪下。

故乡的风车转动着,不舍日夜,不欠东风,只等你。

2017 年 6 月 2 日

从岔路走起

1月9日,我随同宁波大学校友会宁海分会的校友们不畏严寒,如约来到岔路镇,走进绿色村庄下畈村和红色革命纪念地梅花村,开展新年首次主题活动——体验绿色乡村,重温红色记忆。

乡村记忆　诗画下畈

村人介绍说,下畈村建于南宋景定年间,葛洪为村里葛氏始祖,其《肘后备急方》启发了屠呦呦青蒿素的研制。下畈村是岔路镇"葛洪养生小镇"文化板块的重要节点,先后获"国家第一批绿色村庄""全国乡村法治治理示范村""全国文明村""浙江省卫生村""浙江省生态文化示范基地""浙江省美丽乡村特色精品村""宁波市最洁美村庄"等称号。

《中共中央国务院关于实施乡村振兴战略的意见》指出:

方秀英／摄

"推进乡村绿色发展,打造人与自然和谐共生发展新格局。"绿色是绿色乡村的主打色,走进下畈村,举目皆是绿色。"绿树村边合,青山郭外斜",青松园里的一大片松树已有五十多年的树龄,园名取意青松的刚正高洁和蓬勃生机,见证着下畈村的健康发展。

党建长廊也是一道风景,上面悬挂着《我最喜爱的习总书记的一句话》专题系列图片。这里有一个小魔方,上面有"36条""锋领宁海""养生小镇"等二维码,扫一扫就能关注了解相关信息。党建长廊和村口的大樟树都上过《人民日报》。

大樟树是下畈村的风水宝树,有着五百多年的树龄,枝繁叶茂,独木成林,承载着下畈人的乡村记忆和浓浓乡愁。据说它当年是两棵小樟树,为周、葛两姓合种,天长日久,合二为一，成了合抱樟。大樟树是下畈村和合文化的精神象征，教育后代子孙要同心同德，只有家和、村和、民族和，才能万事俱兴、和谐美满。村民说这棵樟树树冠直径有四十余米，校友们为之震撼，在树下合影留念。

树旁的墙上写着"九龙合欢樟"，村民说是驻村艺术家黑子博士题的字，因为樟树九根主枝向外伸展，如九龙飞舞在天。很幸运，我们在旁边的"诗书画堂"见到了这位来自北京的教授。他来岔路镇开展文化名人助力乡村文化建设专题调研，从而爱上了岔路镇这片神奇的土地，成了下畈村的一员，以艺术助力乡村振兴，也为孩子们开设各类艺术公益课，提高农村孩子的艺术修养。

走在下畈村，校友们几乎看不到垃圾，惊叹于这里的美丽庭院，既富含农家元素，也有山石盆景小园林，生活气息与艺术风雅兼具。早在2014年，下畈村在全市范围内率先启动了垃圾分类工作，让环境整治从此脱胎换骨，成为远近闻名的示范村、精品村。

美丽乡村，美好生活，下畈村像宁海的许多村庄一样走上乡村振兴之路，越来越美丽。校友们纷纷表示，在下畈村，看得见山，望得见水，也记得住乡愁，宜居，宜业，也宜游。下畈村处处是景，近来还入选了第四批浙江省AAA级景区村庄。

红色记忆　梅花精神

离开下畈村，途经湖头村，校友们来到下一站——梅花村会议纪念馆。七十多年前著名的"梅花村会议"在白岭根村召开，如今白岭根和祥里两个自然村合并为梅花村。当时明明是在白岭根村召开的会议，为什么叫"梅花村会议"呢？宣讲员给我们讲述了缘由。

1946年6月，内战全面爆发，国民党对四明山、会稽山等地进行了大规模的武装"清剿"，并加强封锁长江，苏北解放区无法进入，浙东党组织与中共中央华中分局的交通联络困难。同年11月，经过中共中央批准，浙东党组织划归中共中央上海分局领导。为了加强对浙东工作的领导，1947年1月，中共中央上海分局在上海召开了浙东工作会议，史称"上海会议"，决定将浙东革命游击战争的中心转移到台属地区。

1947年1月底，中共浙东工委书记刘清扬和上海、台属地下党负责人张任伟、许少春等六人，以走亲访友的名义集中在白岭根村青年葛希曾家里，召开了在台属地下党和浙东党历史上具有转折意义的会议，传达"上海会议"精神，确定台属地区党工作的总方针从"隐蔽精干，长期埋伏，积蓄力量，等待时机"转变到"放手发动群众，建立武装，建立游击根据地，推翻蒋介石反动政权"的总方针上来。

会议期间，大雪纷飞，大地冰封，积雪盈尺，村里梅花盛开,清香四溢。顾德欢同志凭窗远眺,展望斗争前景,想起陆游《落梅》中的诗句"雪虐风饕愈凛然,花中气节最高坚",即兴提议将这次会议定名为"梅花村会议",得到与会者的一致赞同。

如今的梅花村依托红色资源,带动绿色发展,做好梅花文章,创造梅花村红色文化体验,发展乡村旅游、养生度假、观光体验等产业,曾入选2018年度浙江省美丽乡村特色精品村。

校友们认真听讲,一一参观,并在会议室里展开热烈讨论。此时虽未飘雪,梅亦未开,但天气严寒如当年,村里的河水已结了厚厚的冰。大家一起想象当年开会的情景,谈论当时的恶劣形势、革命者的勇气和不畏严寒的梅花精神。

通过座谈,校友们相互结识,一起回忆在宁大读书的时光,感慨时代的巨大变化。很多校友在各自的岗位脱颖而出,大家都希望校友会能增进校友感情,凝聚校友力量,传递正能量。校友会秘书长边峡大致介绍了此次活动的筹备情况,会长谢思杰表示,校友会不流于形式,不追求高大上的聚会,要发扬梅花精神,从农村中来,到农村中去,开展乡间行走,助力乡村振兴,助力全域旅游。这次活动只是乡间行走的一个开始,岔路镇是第一站,希望校友们能继续积极参与,一起走遍十八个乡镇(街道)。

2021年1月20日

又见花开

3月21日,春分刚过,宁波大学宁海校友会组织开展"相约眠牛樱花节,共商校地发展计"的乡村行,同时邀请宁波大学的老师和鄞州分会的校友一起齐聚桥头胡,赏眠牛樱花,话乡村振兴。

花开眠牛:浪漫樱花行

眠牛山公园,我前年秋天来过,和刚学水粉画的同学一起,为色彩而来,赏金桂飘香,看画展"归来"。牛乃吉祥之物,此山形似一头眠牛卧伏,因此被视为吉祥福地。

春来眠牛山,赶上樱花节,又见花开。"春分不减社前寒",樱花虽开未全盛,看不到满山的粉团簇拥,但偶尔能见一树一树花开,校友们便纷纷拍照留念。桥头胡街道办事处主任、校友洪永说:"天气一暖,不出三五天,这里的樱花会成片开放。因品种不同,赏花期也比较长,若有蓝天衬着粉樱,将会更美。"没有蓝天,校友们的笑脸却一样灿烂。

"春分雨脚落声微",小镇一夜雨,也能飘落香无数,铺成一地樱花道。行在其中,别有一种感觉。直上山顶,有舜帝像高高立起,沧海桑田,尽收眼底。

黄墩艺社:归来书画香

黄墩艺社就在公园边上。前年来看画展时,关于一楼的记忆是空白的,今年却多了一个有格调的漫书吧,有文创,有书籍,有咖啡。在乡间,遇见这样一个书吧,感觉是一场意外。置身其中,欲走还留,很多校友被吸引住了。

在这里,大家还速补了一下黄墩文化。桥头胡,旧称黄墩,是象山港尾的一颗璀璨明珠,有着一千多年的历史,自古以来就是商贸、文化兴盛之地,人杰地灵,人才辈出。黄墩港是古海上丝路的始发地,南宋丞相叶梦鼎曾留有"黄墩巨海通昌国,花园大路连西域"的诗句;天下读书种子方孝孺的老家就在黄墩桥东北的溪上方村,一衣带水,有着不解之缘。对面方山因寺成名,千年古刹,钟声悠远,叶梦鼎有"方寺钟声育善音"的诗句,当地有民谚:"黄墩港的风,方山寺的钟。"

洪主任告诉大家,桥头胡街道践行"艺术助推乡村振兴"战略,以乡情为纽带,联合二十多名桥头胡籍的省内艺术创作者组建成黄墩艺社这个乡间社团,举办了多次书画展,这

李恒迁 / 摄

次是画家徐明慧"漫步欧陆"水彩写生个展。春天,寻梦欧洲,无限风光在画家善于发现美的眼里,然后画家通过画笔将诗和远方搬运过来,大海、田园、农庄……异国风情鲜活地呈现在大家的面前。我喜欢远方的大海,但更迷恋那些似乎触手可及的花儿。

看完画展,校友们在黄墩艺社参加了座谈会。座谈会由宁海分会秘书长边峡主持,桥头胡街道党工委书记邬培栋、桥头胡街道办事处主任洪永、鄞州分会代表张宁象、宁海分会会长谢思杰等校友分别做了讲话,共谋家乡宁海的乡村振兴事业。宁波大学发展联络处、校友工作办公室、地方服务与合作处处长胡宝华表示,宁波大学将会积极运用校友会资源,为校友服务,为校地合作牵线搭桥,推动地方经济发展。

汶溪翠谷：山青春水绿

最后，校友们一起参观了双林村。双林村位于东海云顶（茶山）旅游区的西麓，背靠巍巍茶山，森林覆盖率高达98%，是难得的天然氧吧。村绕汶溪，汶溪不是涓涓细流，而是水面宽阔。即便这段时间很多地方的水库都已干涸见底，但汶溪有着茶山充沛的水资源，水流汤汤，青绿十华里，奔向象山港而入海。凭借山海优势，双林村不负盛名，先后入选国家森林乡村、第二批全国乡村旅游重点村名单。

"绿水青山就是金山银山"，这话也应在双林村上。双林村盘活生态环境、农房、农产品等农村自然资源，发展乡村旅游，将绿水青山变成金山银山。家家建起别墅式农居，办起农家乐。双林农居多以号命名，资源互享，它们以自然的美景、亲民的房价、丰盛的美食吸引着全国各地的旅客住户，年均接待游客不少于三十万人次。"莫笑农家腊酒浑，丰年留客足鸡豚"，在双林农居11号，我们品味到了富有特色的农家美食，茶山的山珍、黄墩的海味，自然、绿色、鲜美，校友们纷纷点赞。

此时的双林，美不胜收。春水初生，春池涨满；空山新雨，翠谷绿树；夹岸桃柳，鸟鸣春涧……彼岸是慈云佛学院，高墙深院，与世隔绝。听梵音禅响，心如莲花绽放；闻空谷钟声，意随心所往。难得遇见如此清幽之地，可远离城市喧嚣，找寻内心宁静，回归自然，回归生活，回归真我。

双林村丰富的旅游资源带热了本地农家乐，也吸引了外界的目光。花间堂，国内精品度假酒店品牌的领导者，也将入驻双林村，已在机器隆隆声中开工动土大搞基建。我曾去体验过韩岭的花间堂，在那里，可以在东钱湖边坐看夕阳西下，于韩岭老街尽享集市繁华。花开汶溪，集茶山之厚重、汶溪之灵动、黄墩之人文、慈云之禅意于一体，自然风光、禅意山水，浑然天成，又将是另一种格调。校友们感慨双林之美，也希望双林的明天更加美好，给人们带来更多生活和美的体验。

冬有梅花春有樱，一年四时，宁海乡村处处是美景。相聚有时，离别依依，校友们期待下次再聚首，一起行走乡村，共话桑麻。

2021 年 4 月 5 日

跟着霞客游王爱

徐霞客两次经过王爱山,我也来过两次。他在《徐霞客游记》里留下了相关文字,我在微信朋友圈里留下了片言只语——他是游圣,我只是个游客。

三年前春耕时节,我来过。那时,桃花落尽子满枝,芒种已过麦尽收。农夫开犁黄牛勤,扬手撒下万把秧。生在山里,长在山里,对大山总有一种亲切感。这里的高山、云雾、梯田、黄牛、山花……都和我老家一样,只是好多年没看到种田插秧的场景了。在这里,我感受到了浓浓的农耕风情,尝到了喷香的岔路麦饼和竹筒饭,喝上了醇浓的豆浆,吃过了酸甜可口的杨梅,还听到了古老的传说。王爱山,王也喜爱的山。传说隋时陈后主之子吴兴王被隋文帝"分置"到此地,久居生情,不辞长住此山中,于是人们就称这块土地为"王爱山"。

宁海县徐霞客研究会第三次《徐霞客游记》读书会在王爱山举行,借读书之名,我又一次来到了王爱山。读万卷书,行万里路。说来惭愧,喜欢旅行的我,竟没有静下心来读过《徐霞客游记》,对于此书的了解,只停留于开头讲到的"自宁海出西门"。因为宁海是他的著作《徐霞客游记》的开篇地,游记流传多久远,"宁海"二字就扬名多久远。因为他,宁海倡议5月19日为"中国旅游日"成功,打响了"天下旅游,宁海开游"的口号,宁海的麦饼也叫作"霞客饼"……

徐霞客两次经过王爱山,并在游记中有相关记载。于是我搜索其中相关篇章《游天台山日记》,择其相关语句,跟着霞客之游记和霞客其人,行走一番,品读一番,遐想一番,随谈一番。

癸丑之三月晦,自宁海出西门。云散日朗,人意山光,俱有喜态。三十里,至梁隍山。闻此於菟夹道,月伤数十人,遂止宿。

徐霞客在四百多年前的5月19日出发,"云散日朗,人意山光,俱有喜态"。宁海风光无限,自古以来,从东到西,从南至北,皆是如此,王爱亦是。筋竹岭边,天光云影,蓝天白云绝不逊色从前。徐霞客走的古道荒凉冷落,如他所说是"寂无人烟","於菟夹道,月伤数十人"。离城三十里,到梁隍山。山虽高,虎虽怕,宿一夜,美好的一天又启程了。

而雨后新霁,泉声山色,往复创变,翠丛中山鹃映发,令人攀历忘苦。

春末夏初是好时节,虽然彼时桃花已开败,但杜鹃花满山,令人心旷神怡。更何况深山难得客往来,鸟儿估计也是把最婉转的歌声唱予行人,泉水一路欢唱。山泉之水清洌甘甜,行路渴了,喝上一口,透骨心凉,直入心扉。好水呀,再来一口!

西南十里松门岭,为入天台道。

松门岭我没走过,倒是开错路经过路碑,上写"徐霞客松门岭古道"。很想下车去探寻一下这条古道,看"长亭外,古道边,芳草碧连天"。因时间有限,只能一瞥而过。错的是方向,对的是缘分。

渡水母溪,登松门岭,过王爱山,共三十里,饭于筋竹岭庵,其地为宁海、天台界。

有界碑立在地头,北边是宁海,南边是天台。宁海人的菜种过碑的南边了,天台浇灌的水还得来北边引。宁海、天台本一家,虽划两地人,仍是一家亲。

又十五里,饭于筋竹庵。

据《徐霞客游记》载，徐霞客第一次自宁海城出发的第二天，在王爱山的筋竹庵吃中饭，第二次则在王爱山的筋竹岭庵。读书会上，麻绍勤副会长说，王爱山上的筋竹庵和筋竹岭庵，一字之差，它们的遗址究竟是同一个庵还是两个不同的庵，向有争议，但是王爱山上的松门岭、九盘岭和宁海段筋竹岭，却是清晰可寻。也就是说，王爱山徐霞客古道的走向十分清楚，并无异议。所以，他希望大家"求同存异，聚焦发展"，发展是研究的最好归宿，研究要服务于发展。我未对此进行过研究，不能发表任何意见，倒是被气势恢宏的新筋竹庵里的一角风景吸引。角落里有几位高僧的像很是逼真，或对弈或旁观，凝神静思，蓝天白云之下，流水鸟鸣之间，好不闲适。

山顶随处种麦。

徐霞客再来王爱时，小麦青青。而我再来王爱时，满眼是绿油油的稻田，还有满山的桃树，桃子压树低。霞客来时，即便当时王爱种桃，也应是桃花已败，桃子尚青，他也应该没能享受到桃子的美味。但是，麦饼总吃过吧。岔路麦饼是出名的好吃，皮厚料足，实打实，像憨厚纯朴的岔路人。山上人尤是，庵里的僧人好客，少不了将麦饼给他做行路携带的干粮。不然，麦饼没被霞客品尝过，却名曰"霞客饼"，岂不徒有虚名？

我比霞客有口福，上次吃到了杨梅，这次赶上了黄金桃，"吃货"都是赶着季节来吃美食的。山里人好客，总是把最好的献给客人，庵里的僧人、义工也好，路边的种桃人也好，一见面都会捧出王爱有名的黄金桃来招待。路边很多卖桃人，将刚从地头摘来的黄金桃包装入箱，看到有人经过，更热情地吆喝吃桃子，不买没关系，买了更开心。

王爱黄金桃果然名不虚传，桃如其名，色如黄金，观之悦目，味乃桃中上品，尝之赏心。吃，不嫌其饱；买，不嫌其多。一忽儿工夫，所剩无几。

山上无花，但见塘中荷粉莲蓬绿，引无数人围观。谁家老屋，黄花满墙头，惹人眼馋，有人把伞放在一边，拿起手机拍个不停。

走霞客古道，咏王爱风情。读书和旅行，身体和灵魂，总有一个在路上。

2020年8月15日

白峤寻古

白峤,离宁海城区很近,只隔一座山,白峤岭隧道连接了彼与此。白峤,离宁海城区又很远,虽只隔了一座山,但一边是高楼林立的现代城市,一边却还是树环水绕的古老村落。曾是宁海县治所在地的白峤村,该有些名胜古迹遗存吧!读万卷书,行万里路,从身边的书读起,从身边的路走起。

一、古桥

2005年,徐群飞老师送我他主编的《宁海古桥》一书,可那时我对乡土研究兴趣不大,稍加翻阅便束之高阁了。过了十多年,年纪越大,越喜欢起老旧乡土的东西。重新翻出徐老师的书,细细品读其中的《白峤三桥》,感慨斯人已去,唯书长留。走进白峤,就从寻找徐老师笔下的三座古桥开始吧!

福应桥,建于清嘉庆年间,至今已有两百年历史。古桥就在公路边,出了白峤岭隧道不远便能看到,旁边还有一棵古樟树依偎着,枝干向外伸展着,像是呵护着古桥。据说二十年前沿海南线公路改建时,若按原设计方案,路正好经过桥与树。为了保住它们,村里的干部和有识之士多方呼吁奔走,终于路绕了道,桥和树保留如初。

再往下走,是登瀛桥。据清光绪《宁海县志》载:"登瀛桥,在东十里白峤,宋集贤修撰陈行建。"古桥上石板青苔斑驳,桥上少见行人,很难想象这里曾经有过渔舟归晚、商贾如云的繁盛景象。

再走不远,到了锁云桥。相对而言,此桥显得较矮小,且没有栏杆,似乎失去了桥的功用。历经岁月风霜侵蚀,桥面已凹陷不平,桥楣上的"锁云桥"三字却清晰可见。应可军老先生的博客里说,锁云桥路廊有"停车客听街东水,驻马人观桥上云"之联。锁云桥是商贾东渡之要塞,为方便过往行人商旅避风躲雨,先辈们沿途设置了好几个路廊,免费供应茶水。如今已是人去廊空,破旧不堪。巨大的石碾子也失去了当年的功用,被弃于溪边无人问津。村里人说,边上曾有个长方形大水池,其下有水源源而出,冬暖夏凉,村里的水干涸了就到这里来挑饮。池周围由石板铺设,人们在这里洗衣洗菜,冬日里池还冒有热气。无论冬夏,人们在这里谈家说事,好不热闹,就好比如今的妇女之家文化长廊。这样的热闹场景从古代延续到20世纪80年代。有了自来水,有了洗

方秀英 / 摄

衣机，妇女们都自顾自忙，水池也被水塔取代了。倒是桥边的老樟树惹人注目，老树已空了心，却还是枝繁叶茂。树下，村人们在农闲之余歇个脚，纳个凉，聊个天，惬意得很。谈着谈着，不免又怀念起这些被时代淘汰的古旧之物，它们记载着过往，即便没用了，有时看了也是一种念想。他们期待着有一天"闲躺"在地头的石碾又能立在村头，沉寂的水池能继续冒着热气，人们能像当年一样茶余饭后小聚村头，聊聊天也好，动动腿也好，近处是炊烟人家，远处有远山雾霭，生活如诗如画。

村前一片沃野良田，是后来海港淤积、围塘造田而成的，再往前就是白峤港了。沧海桑田，很多东西都随时代洪流湮没了,所幸这三座古桥还架在溪水之上,见证着古往与今来,连接着此岸与彼岸。桥还在,树还在,故乡便还在,所谓乡愁不就是"小桥流水人家"吗?故乡应是村边有树,树边有桥,桥边有人家。所幸,这里的一切还在,也希望它一直都在。

二、古道

古时白峤港是宁海的主要出海港,曾经的海上丝绸之路的一部分。当时交通以水运为主,白峤港和白峤埠的重要性和繁盛景象可想而知。童章回先生赠我的《宁海史迹考》一书中写了:谢灵运、李白等文人及唐高僧鉴真、日本高僧奝然等都曾行经于此;戚家军更是坐镇白峤港越溪巡检司指挥决策,揭开灭倭序幕;白峤还有专门的航帮往来日本。水运的繁忙给白峤带来了经济的繁荣,也带动各行各业的兴盛。山里的竹木柴炭通过水路运往外地,外地的各类物资引入白峤,市面由此兴旺。柴行米行样样有,山货海货样样齐,日用百货都不缺,商铺林立,贩夫走卒、羁旅行客、官吏商贾各式人等云集于此。20世纪七八十年代,白峤船主陈世荣的帆船还往来于上海通商。随着陆上交通的不断发展,水路交通逐渐被取代,曾经繁华忙碌的白峤埠头也已荒废,唯余水流汤汤,东去无际。

货船载着各种货物抵达白峤埠头时,不管是就地交易还是拿到城里交易,货物运输必不可少。当时从白峤到城里要翻过一座白峤岭，山路崎岖，车行不便，南方又少马，这一项工作主要靠"担脚担"完成，因此白峤有很多村民就从事着挑夫的行业，而十里四乡的人也会来此"担脚担"赚钱贴补家用。黄鱼捕抓季节，更是人山人海、场面壮观。

古时白峤通往城里的唯一道路是用细石子砌成的古道，古道逶迤，绵延数里，从白峤通至宁海县城。造南海沿线公路时，部分古道被公路取代了，还有部分古道幸存着。村干部热心带路，边走边说着这一路的传说故事，如白羊精的故事、碧血宝剑岩的故事、仙人泉的故事等。由于人迹罕至，曾经热闹非凡的古道几近荒废，多被杂草柴火掩盖。村里的老人们屡屡说起，无限感慨。村干部便带头将古道重新清理，得以重现古道风景。林海幽幽，人烟渺渺，鸟声啾啾，穿行其中，如入一段旧时光。汗流浃背的挑夫货郎，各式各样的行李货包，摩肩接踵的行人过客，如电影镜头般——浮现。再一晃眼，只留金蟾于古道边，寂寞坚守千年。没有了古道，纵有西风瘦马，词曲中的唯美意境就没法体会到了。

夕阳西下，行至白峤岭头，古道在此断头。岭头一路廊，内存几块石碑，其中一块刻有明朝开国元勋刘伯温为其友张纯诚所写的祭文。张纯诚是白峤人，官至监察御史，曾被朱元璋称为"海东青张御史"。古之将相，独留荒草一堆。

如今，白峤仍然是交通要道，但曾经的百舸争流、停舟下马变为千车飞驰、呼啸而过，留给村庄的只有飞扬的尘土与尾气的污染。村里的年轻人大多有了车，穿过隧道，在山那边的城里赚了钱安了家。古道,渐渐被人们遗忘了。白峤岭东边是白峤村,西边是城区。这古道,不仅是白峤村人的古道,也是宁海人民的古道。清晨或黄昏时,两边的人都可以爬爬古道吸吸氧,共享慢时光。

三、古书房

宁海自古多才俊,学堂书院是孕育地之一。白峤曾是县治所在地,文风昌盛,人才辈出,学堂书院自不可少。据明崇祯《宁海县志》记载:"员山书堂,白峤,宋修撰陈公龙建。"询问村干部此书院遗迹,他摇摇头说不知所终,只带我们去了另一处书院——西楼书房,据说号称"民国警察之父"的旷世奇才李士珍曾在此接受过启蒙教育。出现在我们面前的是一座杂草丛生的破旧老屋,断墙残垣,破壁斜栏杆,仿佛一阵风就会把它吹倒。原本古色古香的古书房,只余马头墙依然矗立在蓝天下,屋前古老的罗汉松依然精神着。它们坚守着,追忆昔日少年儿郎,凭栏杆处,书声琅琅。

书房前有一小院,如今几乎湮没于生命力旺盛的藤蔓野草纠缠之中了,虫蚊飞舞,难以进入。这么一块幽僻之地,本该是一个多么美妙的角落呀!月洞门,内庭四方,石板铺地,中有古井,定是文人学子钟爱的休憩地。三杯两盏浓茶淡酒,听师训书声,听虫吟鸟鸣,听冷月无声。墙角一簇蜡梅,寒冬之时应是暗香满庭。

向人打听关于这个书房的故事，皆是隔代不知情。想找一些书房的相关书籍记载，也是求而不得。这也许已是一幢没有多少价值的老房子了，有一天倒塌了，便会在原址上修建更漂亮的新楼。但作为曾经的一个文化传承之地，这样一处难得的教育旧址，如果有一天化为尘土，岂不可惜？

昔日的上县堂、下县堂只留其名，早已成为寻常百姓家了；偶尔还能见到几处老建筑，也已是延口残喘、命不久矣的境况；有几家半新不旧的房屋院子里，还残存着古老的石子道地；祠堂门前，白发老人闲坐话从前；文化礼堂前老少齐聚，载歌载舞唱响新时代。我只是个匆匆过客，来不及细寻白峤的古意，天色已晚。

每个村落都是一部厚厚的历史。那些古迹，随着时代的发展，越来越古旧了，越来越失去实际功用了，也越来越被忽视了。请不要就此遗弃它们、埋没它们，而是尽可能地保护它们。因为，它们是优秀历史文化的沉淀，是我们的精神家园和美丽乡愁。冯骥才曾说过："一个村落就像一个图书馆里的书一样，不该全都是新书。"岁月会流逝，人会老去，有些古旧东西却必将是历久而弥新的，如那古桥、古道、古书房。

2019 年 11 月 17 日

小桥流水有人家

大雪节气,一年岁暮,前童古镇又传喜报:文化和旅游部公布了第二批全国乡村旅游重点镇(乡)名单,宁海县前童镇榜上有名,并且也是宁波市唯一入选的镇(乡)。

前童古镇因何能获此殊荣?这是因为它既有乡村该有的小桥流水人家,又有浓厚的历史文化。作为旅游古镇,它没有西塘的热闹、南浔的富庶、鸣鹤的久远,却以其独特的文化魅力吸引世人。一千个游客,眼里便有一千种风景。前童之于我,是百去不厌的地方,是诗意栖居的远方。前童是一幅古韵浓重的水墨画,是一曲清音悠悠的丝竹调,马头墙、石花窗、青砖黛瓦、小桥流水,仿佛停留在明清江南的慢时光。这里曾是帝王师的讲学地,革命党人的红色故乡,古柏、精舍、墙上的藤蔓、墙头的仙人掌向你诉说历史的沧桑。这里也是艺术家的天堂,陈逸飞的绝唱、雕梁画栋、万工轿、千工床令人心向神往,凤冠霞帔只待君来穿戴上。这里仿佛是我们梦

中的故乡,街角飘着黄豆的醇香,垂面铺里是丝丝的牵挂,妈妈的味道在空气中飘荡……

问渠那得清如许

据《童氏宗谱》记载,迪功郎童潢游历四明时途经前童,发现这块"山环水绕、围而不塞、藏风得水"的"风水宝地",认为"塔山鹿山,平衍两矗,铁狮绕地,灵秀蜿蜒,可为子孙久远计",便无心仕途,于南宋绍定六年(1233)举家从台州黄岩迁徙至此,在慧明寺前结庐定居,绵延至今。

走进前童,最先入眼的风景便是"小桥流水"。"小桥流水"似乎是江南古镇的一个固有符号,但前童古镇的"小桥流水"却有着与众不同的景致。任你走遍中国各地古镇,也很难找到与前童相似的八卦水系。古镇入口第一个古宅院西厢山墙上便是"小桥流水"四个堆塑大字,可见几百年前的前童族人便以"小桥流水"为豪。一路前行,只见前童古镇的街巷都是水路相连,随形并行,一条蜿蜒向前的石子路,一带清澈见底的流水,无数枕水而居的人家,连接每户人家与道路的是小桥——名副其实的"小桥",也许是世界上最短最小的桥,最长的两米左右,最短的两尺不足,多为石板,或有雕栏,或刻桥名,或古朴至简。前童的"流水"很有个性,它形似小溪,有些村庄会叫"小溪坑"或"小坑",但这里却叫"水圳"。"圳",田间的小水沟也,水利灌溉引伸而至,很雅致,很清浅,很亲民，清澈见底，游鱼可数，不用担心水满成灾，也不用担心水枯见底，可供日用，可作风景。八卦水系挨户幽幽流动，连接古镇家家户户，从入口到出口绝不倒流，可谓巧夺天工。也许你一开始会觉得在前童街巷里绕行如走迷宫，但不久你便会发现，只要沿着水圳，自然会找到出路。石子路上也大有文章，每隔百米左右就有一口水井，共二十四口，方圆大小各异，没有一口重样。"井水不犯圳水"也是前童古镇特有的现象，井水距路面有四五米，圳水离路面仅尺余，即使水圳水涨满，井水依旧保持原来的水位。

但是，这里的小桥流水不是天然的，五百年前的前童村内并无水流，这是有历史有故事的"流水"。明正德三年（1508），浙东大旱，前童颗粒无收，童濠开仓救济族人并率族人从村外十里的白溪开沟引渠，使田肥土沃，五谷丰收。童濠还把溪水引入村中，分成许多小股的细流，绕经家家户户的门前屋后，方便族人生活之用。于是小溪绕屋，清流映带，经过数百年的改造，逐渐形成前童人引以为豪的"八卦水系"。昔日先祖为水利之便引水入渠，溪水缓缓流淌至今，也成就了前童这道独特的风景：家家连流水小桥，户户通卵石曲径。智慧的前童人将自然与人文巧妙地融合在一起，秉持"天人合一"理念，造好房，修好路，挖好井，掘好渠，使人与自然和谐相处。

如今，自来水通家家户户，水井、水圳的昔日功用渐渐淡化。但前童人却对祖先开凿的水渠、水井情难以舍，保护之，清洁之，活用之，使之如生命之血液在前童的体肤里流淌，成为前童不可或缺的一部分，给前童增添了灵气和活力，成就了"小桥流水人家"的独特风景。偶有白发老太习惯了以前的洗涤方式，跪蹲桥边，就着流水娴熟地淘米、洗菜、涤衣；水下，各色大小的鱼儿畅游嬉戏。路边，无数行人驻足观望。夏日里，还总有人忍不住脱下鞋子，让脚和小鱼小草来个亲密接触。它不是深不可测，也不是遥不可及，它是清浅才没脚，是触手可及。古镇人家养成了爱护水流、不乱扔物的习惯，流水清清，一路欢歌。2006年9月，习近平同志在考察前童古镇时曾留下这样的感慨："我曾经到过威尼斯，心里一直在想，我们有没有这么美的小镇呢？在前童，我终于找到了。"如此评价，小桥流水功不可没。

卵巷古院藏艺文

小桥流水有人家，这些人家的宅院也和小桥流水一样有历史、有故事。前童的古建年代印迹明显，在这里，我们不仅能看到原汁原味的明清古居，而且能感受到前童积淀深厚的历史文化。油画大师、导演陈逸飞曾说，这里的民居建筑"乍看上去显得破落，可一进入镜头就变得深厚古朴"。他谈及电影《理发师》取景前童的原因时说："我之所以选择前童古镇，是因为前童与江南水乡其他的古镇不同，它不但被保护得好，而且给人古朴、深厚的印象，很有人文的感觉，带着浙东古镇的韵味。"是的,前童不仅"小桥流水遍庭户",而且"卵巷古院藏艺文",处处都是文化。

梁思成在《中国建筑史》中曾说:"中国建筑既是延续了两千余年的一种工程技术,本身已造成一个艺术系统,许多建筑物便是我们文化的表现,艺术的大宗遗产。"前童古镇的文化精神恰恰在建筑里得以体现。前童古镇保存了浙江省规模最大的明清古建筑群,民宅、书院、祠堂各具风姿,老街、亭台、牌坊交相呈现。前童民居最大的特点就是以前童宗祠为中心展开九宫八卦的村落布局。这是前童人遵循儒家文化、至敬至孝的一种体现。"君子营建宫室,宗庙为先,诚以祖宗发源地,支派皆流于兹。"宗祠是家族的圣殿,儒家传统文化的象征。童氏宗祠是童氏合族聚会、祭祀、庆典等活动的场所,建于明洪武十八年(1385),是明代大儒方孝孺亲手设计。一代大儒方孝孺受童潢七世孙童伯礼所邀,于洪武十八年(1385)和二十二年(1389)两度到前童南岙的石镜精舍讲学布道,一面向童氏子弟授课,一面著书立说,不但在此播下许多读书种子,还参与前童修谱、建祠、立宗法,有"宁海塔山童氏,其制度定于正学方公"之说。方孝孺题写的"诗礼名宗"匾额高悬其中,既是对前童的赞誉肯定,也是对后世子弟寄予的深情厚望。前童不是方孝孺故乡,却胜似故乡,他对前童寄予了深厚的感情。方孝孺不是前童人,但前童百姓尊方孝孺犹如先祖。宗祠后柱上挂有童氏格言:"守正学名言忠贞克秉,遵贤母遗训孝悌是敦。"厅内立有一块清道光三年

（1823）的祖训碑，上刻前童先祖教育后代"耕读传家""奉礼完课"的族训，祖训特别强调子孙后代以读书为先，遵循方孝孺的教育理念，"吾之子孙，有天姿粹美者，必以读书为先，果能发愤砺志，留心古人，不惟功名可期，亦足变化气质"。方孝孺在前童的讲学与实践，对前童童氏后人的影响是至深至大的。前童人爱读书，仅明清两代有科举功名者就有两百多人，现当代有教授、博士、留学生等四百余人。

文化是前童古镇的灵魂，前童成为全国历史文化名镇，与六百多年前方孝孺在前童就奠定了"诗礼名宗、醇谨家训、耕读传承"的家族理念和儒乡基础分不开。与此同时，他也助育了童氏的宗族精神。他的"台州式的硬气"对童氏族人影响至深。在宗族与民族危难关头，前童人总以大义为先，勇于自我牺牲，敢于担当责任，不计个人得失，挺身而出。在前童历史上的三次大劫难即辛亥之难（方国珍兵梢案）、壬午之难（方孝孺沾亲案）、壬戌之难（太平军兵灾案）中，在近代民主革命和抗日战争中，"台州式的硬气"在一代代前童人身上表露无遗。他们即便遭"诛十族"牵连迫害也无怨言，讲风骨，爱名节，具有"不争轻重尊卑贫富，而争于道"的文化理念。在方孝孺的影响下，一代代前童人不惧灾害，不畏战火，生生不息，逐渐形成塔山童氏"大义为先、敢于担当"的宗族精神，形成了淳朴刚烈的民风。因此，陈大尝在序《童氏宗谱》时感叹："非童氏不能知先生之忠，非先生何以见童氏之义。"

"耕读传家久，诗书济世长。"前童古镇浓郁的耕读文化

第一辑 乡韵·行旅

和宗族精神不仅体现在祖训里,也表现在前童建筑的各处。在雕塑、匾刻、绘画等方面都能轻易地发现其中包含的文化精神。前童也是北民南迁,建村距今七八百年,保留较为完整的粉墙黛瓦的明清道地有一百多个、民居两千多间、石窗两百八十多扇。以"下堂楼""上堂屋""五福楼""明经堂"和"职思其居"等为代表的前童古建,几乎完整无损地保留了明清建筑的风格。这些古院多为四合院,独具特色的门楼,高耸的马头墙,高大粗壮的庭柱,独一无二的海马鸿梁,屋脊地面,屋里屋外,处处精雕细刻,处处彰显着耕读世家和江南儒乡的风范。"五福楼"(又称"群峰簪笏"宅)是清代乾隆年间举人童桂林的三个儿子共建的,他们仿效"孟母三迁"择邻而居,选择在书院"尺木草堂"旁边仿建徽式的四合院。此宅最有特色的是墙、门、窗:两旁的马头墙高耸,俗称"五岳朝天",不仅体现建筑的韵律美,而且具有防风挡火的作用;台门挑檐枋上雕松枝,门簪上雕"葵心向日"图案,刻凤凰和狮子;格子窗形式精美,图案雕刻精致,寄寓深意。特别是左右两大房窗上刻有朱柏庐的治家格言:"黎明即起,洒扫庭除,要内外整洁。既昏便息,关锁门户,必亲自检点""一粥一饭当思来处不易,半丝半缕恒念物力维艰",是宅主治家育人的体现。这样有文化的民居处处可见。另一所"职思其居"(又称"小桥流水"宅)也是典型的"书香门第、诗礼之家",其台门门顶上嵌刻着"职思其居"的匾额,面上刻有魏碑阳文家训:"告往知来,一隅可发;未雨绸缪,诎义通达;量入为出,礼言

周匝；勤俭成家，唐魏足法；山西宅间，今时气甲。"其北面的明经堂台门两侧的墀头墙上各有一个书卷形匾额灰塑，左面堆塑"礼义"两字，右面堆塑"孝悌"两字。礼、义、孝、悌，既是儒家道德准则，也是前童童氏家族行辈的排列。中堂"敦伦凝道"匾是主人亲笔所题，既反映了宅主的文学功底，又表达了他的人生理念。

通过对这些建筑的读解，我们仿佛能触摸到前童的历史、人们的生活，正如张全民在《看不见的乡愁》里所说："建筑里有着我们的前世今生，有着我们的悲欢离合，有着我们的生命中刻骨铭心的记忆。很多时光，因为建筑得以追溯和重现；很多事件，因为建筑得以铭记与理解；很多传统，因为建筑得以传承和延续。"

最是人间烟火气

人间烟火气，最抚游子心。前童古镇吸引人的不只是小桥流水、民居古宅，还有这小桥流水、民居古宅里进行着的百姓日常。前童是景区，也是居民区，那些民间技艺、民俗活动，也在这里熠熠生辉。走进前童古镇老街，青砖黛瓦粉墙间，外乡人来，村里人往，小桥流水通人家，炊烟袅袅，厨房飘香，有人情味，有烟火气，有精气神。

前童古镇是美食的天堂，各种小吃滋养着原住民，也招待着四方来客。前童麦饼大有来头，据说当年徐霞客出游梁皇山、天台山时曾把前童麦饼作为旅途中的干粮,因此美其名曰"霞客饼"。很多地方已经失传的松花饼,在这儿也能品尝到。前童三宝是古镇美食的代表,老豆腐白嫩鲜香,香干结实耐嚼,空心腐脆而不碎,老少咸宜,口味醇厚,百吃不厌,正如广告所说:"有妈妈的味道。"一碗热腾腾的能结出豆腐皮的浓豆浆,就着一份前童三宝,是我每次来前童必尝的。前童的豆腐制作历史悠久,相传是梁宣帝当年避难梁皇山时随行的御厨传下,取材当地早豆和甘醇井水,配以祖传二十一道工序,成就了这道人间美食。近年来,前童古镇每年都要举办豆腐文化节,推出了"十味豆腐"宴,长桌宴会聚天下食客前来品尝。

我们一边回味古宅民居的精工细作、讲究内涵,一边不经意间也能在前童老街邂逅这些传统技艺的民间大师。泥金彩漆、龙舟木雕、石头画、草木染、竹编工艺……数十项从国家级到省、市、县级的非遗在前童老街扎根、活化,传艺有传承,作品有创新。若赶上节日,也可能在街头邂逅红妆巡游、平调耍牙、舞龙表演、汉服游园、非遗体验、美食品尝等丰富多彩的民俗活动。说到民俗活动,最热闹的莫过于前童行会。前童行会始于明,盛于清,扬名于今。它因水而生,是因杨柳洪砩产生的一个民俗活动。为了纪念童氏祖先开渠引流的功德,前童后世子孙通过行会表达他们的敬意、感恩和追思,祈愿年景丰收,增强宗族凝聚力。每年元宵,他们通过鸣群锣、抬鼓亭、放铳花等方式来表达情思。行会以鼓亭、抬阁为特色，每一杠都演绎了一个历史故事，由男童女娃装扮成戏曲人物，或金盔铁甲，或峨冠博带，再现忠孝礼义、耕读传家的故事，还有舞狮舞龙穿插其中。一连两天（正月十四、十五）的巡游，队伍所到之处鼓乐齐鸣、人声鼎沸。行会的人，看行会的人，一路走一路随，人越走越多，队伍越走越长，见首不见尾，盛况空前，让人叹为观止。到处是欢歌笑语、喜庆欢舞，从白天到夜晚不停歇。晚上的鼓亭、抬阁、秋千都点上灯笼，家家户户张灯结彩，铳花燃放绚亮夜空，是"东风夜放花千树""一夜鱼龙舞"盛况的现代演绎。前童行会代代相传，年年如此，场面隆重，2014年被列入国家级非物质文化遗产名录，更受世人关注，每年吸引全国各地的人前来观光摄影，中央电视台等多家媒体多次报道了此项活动。其代表性传承人童全灿说，前童行会是前童古镇的"金名片"，具有较高的民俗价值、人文价值和史学价值，在江浙一带是独一无二的。

前童民俗博物馆则通过图片和实物向人们展示了前童人的前世今生。展馆通过"人之初""五匠之乡""婚嫁习俗""立家业"四方面内容，向人们展现了一幅前童人从出生成长到拜师学艺、从婚配嫁娶到成家立业的生活民俗全景图。二楼的"婚嫁礼仪"和"红妆器具"展览尤为精彩，人们从中也能感受到"十里红妆婚俗"作为国家级非物质文化遗产的盛况和文化。

习近平同志主政浙江时，启动"千村示范、万村整治"工程。他来前童古镇考察时,郑莲亚是负责讲解的导游。她清晰地记得总书记当年的嘱咐:大家要好好保护前童古镇,不要急于开发,请有关专家好好规划一下,这种地方越到后来越能体现它的价值。这地方很好!如今已是宁海前童古镇旅游发展有限公司副总经理的她,谈起前童古镇这些年的发展,认为离不开对古镇的保护、文化传承及合理开发。现在前童古镇有吃、有玩、有民宿,有文化、有艺术,成了各地游客喜爱的打卡之地。乡村旅游增加了人气,盘活了经济,乡村生活也越来越富裕,越来越让人向往。

2022 年 12 月 8 日

石镜精舍门前

初访精舍

如果不是因为研究方孝孺在前童的活动,我都不知道前童还有个景点叫石镜精舍。去过前童好多次,迷恋那儿的小桥流水,未曾留意石镜精舍的相关导引。石镜精舍位于前童南岙村,与镇上还有一段距离,步行需要半小时左右的路程,不是专程前往,根本见不到。很难想象这么偏僻的一个山村曾经却有着一个遐迩闻名的书院,聘请了一代大儒,聚集了一批浙东才俊。"纸上得来终觉浅,绝知此事要躬行",于是,有了非去不可的决心。机会来了!有一次参加"党群同心圆"活动,去前童做志愿者,结束时刚好碰到了前童的老掌故——网名为"塔峰晓日"的童相兵老师,当时我和他不怎么熟悉,同去的同事娓娓和他说我想去看看精舍,他便很热情地做了我们的向导。

前童的景点大多集中在景区内，相较之下石镜精舍确实有点远。景区的小桥流水是婉约派，南岙与前童之间隔着的白溪是豪放派，宽如大河，溪水清且起涟漪，岁月的河流淌着淌着，淌出了新视野。溪的对面就是石镜山。据说石镜山上有一斜面陡石，光滑如切，每逢雨天，光亮如镜，石镜精舍便是因山取名。可近视的我怎么看也没看到那面石镜，六百年后，不知道它是否光亮如当年。

过溪便是南岙，隐在山水之间的一个小村，令人联想起陶翁笔下"暧暧远人村，依依墟里烟"的田园，难得的清静，不闻"狗吠深巷中"，何来"鸡鸣桑树巅"？村边的山上便是前童祖辈的坟地，建造山脚下精舍的初衷便是用来守墓的。

童老师指着一间破旧的小石屋说，这就是精舍的原址。不过经过几百年的风雨飘摇，六百年前的小屋还有个片瓦只砖是当年的就很不错了。童老师介绍说，这个门槛是当年的门槛。可惜当年书香地，如今沦为叠柴间。透过窗户往里看，发现它就是农家的储物间，堆满了干柴杂物。门槛无语，细数着六百年来的来往行路人。他还指着一块特别厚的砖，说那是明砖，我忍不住去触摸，就像触摸历史的脉搏。

穿过弄堂不远，便是重建后的石镜精舍。重建后的精舍，外观上不像旧址那般不堪入目，可我们却没能进去。童老师打遍电话也没找到保管钥匙的村人，我们也只能带着遗憾离开了。为了弥补失落感，童老师又带我们去南岙山上，那儿还留有方孝孺的手植柏。几棵古柏坚强地屹立着，像负责守候这片山林的老人。带路的村嫂说,看的人来了一批又一批,总指望有人能助力一下保护这片古柏,但不见有谁采取任何行动,这样下去这些古柏早晚会死的。

再访精舍

冬去春又至,单位有个课题去前童调研,结束后我提出顺道再去石镜精舍碰碰运气,结果还是没能进去。门上的红纸对联已褪色,檐顶的藤蔓却添新绿,蛛丝结在藤蔓上晃晃荡荡,显出几丝荒凉。

另一网名为"征夫"的前童老掌故闻讯特意赶来,帮我们解决了难题。精舍门开,面目全现,是一片意想不到的荒凉。我想象中的精舍,不说有小桥流水、亭台楼阁,至少也应该有朱漆桌子格子窗,书卷充栋墨飘香,那不是书院该有的样子吗?但是眼前的精舍,厚重的木门关住了寂寞,怎一个荒字了得!院落青草萋萋,是覆盆子和里蒜的天地。三楹瓦屋,外墙斑驳,梁柱败落。中厅立着方孝孺先生的雕像,满面尘灰,上悬"人间正气"匾额。泛黄的墙壁,泛黄的纸张,泛黄的历史。厅中几张古旧书桌凳,我们不敢靠近,不仅怕碰到厚厚的尘灰,而且怕一碰即破。墙角几块石碑,记录着精舍的往事因缘。几位老人指着厅前一大树感叹。这厅前的古树恣意疯长,枝干张扬。老人们看着它越长越大,担心以这长势,没多久就要挤压到檐角老屋了。

门后数丛秀竹,苍翠欲滴,劲骨柔叶,透露着高风亮节。遥想精舍当年,六经群书数百千卷,读书子弟齐聚满堂。虽是深谷高斋,却是群贤必至。正学先生而立之年,风华正茂,谈笑有鸿儒,往来皆知己。风日淡秋白云散时,方先生与亲友学子们"雄谈为绝倒,空谷腾欢声"。当时的精舍,盛况可想而知,那是读书人交流学术思想的天地、逐梦的学堂。

话说回来,精舍得以重建也是令人欣慰的。经济学博士童亚辉曾有诗为证:"塔峰秀新起,石镜屋又开。伟哉正学风,万代永承传。"重建精舍也是煞费苦心,保持古建风格,以旧修旧,旧而不破。只是长年闭门,失管失修,再好的建筑终也敌不过历史的风霜,更何况旧建旧物。

我本想穿越都市的繁华,到此寻找绝世的宁静,探求治心修身之道,却不承想满眼是岁月的沧桑。精舍前面的一石屋更是破落,片瓦不留,只有四围的石墙空立着,坚守着。石墙上青苔碧绿,如岁月般清幽绵长,静静地看着风云变幻,一天天,一年年。

前童回来后,热情的征夫老师向我推荐了几本关于方孝孺的书。忙碌和烦躁从春天延续到夏天,我无法静心研读,将书束之高阁。秋来风凄月冷,脑海里又浮现出石镜精舍的荒凉。夜里翻书,又见征夫老师借书时当场手书赠我的《调笑令》:

调笑令
征夫

南方,南方,
过山过岭过岗。
谒祖拜宗问贤,
石镜精舍门前。

前门,前门,
后学思绪翻腾。

  思绪又一次翻腾。暑假的时候去南京,特意骑车去雨花台方孝孺墓园祭拜。为了坚守忠义节气,方孝孺临危不惧、骨鲠千秋,后人亦用生命守护先生的骸骨遗物。墓园也是历经劫难,不断地被破坏毁灭,也不断地被保护重建,才使得天地正气长存人间,让世人瞻仰缅怀。古往今来,多少来自四面八方的仁人志士、文人墨客、凡夫俗子都在这里默默停留,静静走过。巍巍青山下,无数的名人书画碑、题字碑从墓地两侧一直延伸到先生的塑像前,气势威严。与此相较,石镜精舍显得简陋破旧。方孝孺生在宁海,亡于南京。年轻时,他除了外出求学便多深居在家读书治学,留下著作不少,但在宁海的足迹不多,几经岁月摧残、人为破坏,遗迹更是少之又少了。石镜精舍,一代帝王师在此二度执教,有着如此深

第一辑 乡韵·行旅

周衍平 / 摄

厚渊源的文化古迹，更不该被历史的尘埃无情湮没。无论于地方于国人，从历史还是从文化角度而言，我们都应该去缅怀、去保护、去发扬光大。对于方孝孺，对于石镜精舍，我们还可以做得更多。

正学精神常在，天下读书种子不灭。石镜精舍，读书人永远的精神家园，希望有更多的人去重视、去保护，也希望有更多人的去拜谒、去追思。我们当时还在精舍荒园里采了一大把里蒜回家炒年糕，还相约覆盆子红了以后去采，但终究没再去。下一次去石镜精舍，希望能看到我想象中的那个书院。

2017 年 9 月 22 日

重上连头山

连头山，北连福泉山，南望状元峰，清澈的白溪水绕经山下，以佛显泉灵而著名，为游人香客的登临胜地，无数善男信女专程赶来叩首求签，香火兴旺。在宁海旅游开发兴起之前，连头山是宁海不多景区中的一个主要景点，是中小学组织春游的首选之地，是"70后""80后"的童年旅行记忆。

我初见连头山是在20世纪80年代初。那时，父母外出做手艺谋生，我们姐妹成了留守儿童，被寄养在奶奶家。信佛的奶奶经常翻山越岭去连头山烧香拜佛求签司，说那里的娘娘佛灵，也去挖仙草求仙水，说是能祛风逐痛。偶尔带上我，我便开心得很，跑在前面欢奔雀跃，奶奶踩着三寸金莲远远落在后面。经过灵泉寺翻过摘星岭，下百步峻过草坛头，经马婆园再过下陈，才算到了连头山脚。仰头望去，连头山没有我想象的那么高，还不如望府楼的山高，奶奶怎么就不辞艰辛大老远地到这儿来拜佛呢？那时我不知道"山不在高，有仙则名"的道理。

奶奶在各佛像前虔诚下跪,在不同佛像前念着不同的词许着不同的愿,她一会儿替父亲叔叔们求财,一会儿替大姑求子,一会儿为我辈求功名。我从小就是个唯物主义者加无神论者,总是冷眼旁观。许了好多愿,奶奶的牙痛腿痛没见好,大姑也还是没生子,父亲叔叔们也没有发大财。我高考时,奶奶特意赶到城里,硬是要我带上庙里求的护符进考场,可我也没有考上她佛前求的清华北大,连宁大也只是补办毕业证时擦了院校合并的边。但奶奶依旧相信这里的佛是灵的,这里的水是灵的,依旧翻山越岭来拜佛许愿,直到走不动了为止。

家搬到城里后,连头山近在咫尺,成了经常光顾的地方。时光飞逝,成长的身影时不时地留在那棵古樟下。二十年后,奶奶已归山,父亲年纪大了,腿也走不动了。一样信佛的母亲也相信连头山的水能治病,带着父亲去连头山小住。每天,当地的阿婆帮忙采草药,用山泉水煎草药,内服外泡。草药熏蒸也好,泡服也好,父亲终是不能再如年轻时那般健步如飞。父亲去世后,我很少上连头山。喜欢一个地方,或者远离一个地方,也许都是因为这个地方留有太多的岁月记忆,太想记起,或者太想忘记。

长长的假期慢慢地过,重上连头山,安静地坐在大樟树下,听听鸟儿鸣声清脆,望望对面老家高山望府楼的风车,看看脚下飞泻而下的瀑布,细细品味连头山的山、水、茶。

山

连头山,背依福泉山,联结成连福景区。连头山处于整个景区的半山腰,据说因地处熊山和象鼻山(也有叫其他山名的)的两个山头相连处而得名。群山环绕中,山上又有山。我没细究哪处是熊山,哪处是象鼻山。人们总爱发挥想象,随形赋名,或人或物,或禽或兽,以助游人之兴。形似或意象,都在你的一念间,喜欢便是好。

因为疫情,寺庙都大门紧闭,不闻香火,不见人影,和香火兴旺、人声鼎沸的从前比,冷清得很,寂静得很,恰有种"结庐在人境,而无车马喧"的安宁,适合静思,适合远眺。新修的永福讲寺黄墙红门,门口写着"泉下飞流恋佛地,山中百草朝法门",门上贴着"禁足外相",门前两座石狮子头上还套着红色的绣球,忠实地守护着寺院。我记忆中,这里原来是一排旧房子,可以吃素斋的。高高的黄色院墙和红漆大门挡住了里边的世界,但仰望着内里,规模甚是宏大。

门前的古樟越发长高长大了,枝叶舒展。古樟长得稀奇,有两根树枝连在一起,因此称"连理樟",是游客们歇凉、拍照、聊天的好地方。树下有一石碑,刻有"佛心"二字,凡夫俗子走过,也会多些感慨。古樟依旧青翠遒劲如当年,那个曾在树下蹦蹦跳跳的小姑娘忽而人生已半百。石拱桥不知何时已翻新,桥下流水不似当年之大,也没能看到记忆中的飞瀑。

记忆中,当年的飞瀑如李白笔下那般"飞流直下三千尺,疑是银河落九天"。飞瀑下,我家小妹曾豆蔻年华,白裙与黑发一起飘扬,仙气飘飘。

与永福讲寺对应的是福佑庙,相较破旧得多了。据说,此庙创建早于山顶的福泉寺,历经荣衰,后由闻儒根先生出资改建。庙前红墙上嵌有石碑,刻有碑记,碑文上写着:"香港同胞闻周鹤翠女士,为了结善缘,种福田,继先夫闻儒根资助改建福佑庙等项目后,再次资助改建永福寺危房,改建面积183.54平方米,计人民币壹拾壹万肆仟柒佰壹拾玖元。为感谢闻周鹤翠女士善举,特立此碑,以资纪念。立碑人了尘师父。"

福佑庙也是大门紧闭,只能看看门外对联,一边是"山钟灵气松下扳荆寻芳草",另一边是"庙府寒流石上听泉洗尘心",对联被围墙遮了一半,想着法子才能看到。庙门外右设有包公殿、关公殿、文昌殿,没了香火,里边看着阴森森的。左边岩下的娘娘佛新衣鲜亮,悠闲地看着眼前的青山绿水。我仿佛又看到了奶奶矮小的身躯虔诚地跪在小小的娘娘佛面前,叩首祈愿,希望娘娘佛管顾大姑生小孩。

水

连头山的有名不只因山,更因于水。很久以前,民间便把这里的泉水和草药认作是神水灵草、仙水妙药,用于治疗皮肤病和风湿病。当然,其中也少不了求神佛问菩萨的环节,增添了神秘色彩,仿佛也增加了药效。其实,连头山的草木泉水有治疗风湿、皮肤病的特效,不全是我奶奶那些老太太们迷信,确有其科学依据所在。

据载,早在三十年前,浙江省科委、省卫生厅、省地质大队等部门联合对此山泉进行实地勘测,鉴定其为低矿化的极软水,含放射性元素氡及氧化硅等物质,是罕见的药泉。根据我国卫生部门对医用温泉的规定标准,氡含量大于十五埃曼/升即属医用温泉,对人体能产生某些显著的生理作用,如促进皮肤血管收缩和扩张,减轻疲劳和疼痛,延缓衰老等,对多种老年性疾病、慢性病疗效更是显著,有人甚至称氡泉为"返老还童泉"……好处之多,不一而足。

据说闻儒根先生出资改建福佑庙,也是缘于药泉,出于感恩。他曾患风湿症,香港的大医院均没法彻底治愈。一次偶然的机会,闻先生获知家乡宁海连头山上的泉水和草药能治愈皮肤病和风湿症,就在亲友的陪同下专程赶来,每天用泉水和山上自采的草药浸泡,一日两到三次。不久,闻先生脚背的风湿症奇迹般治愈了。为了回报,他出资改建了福佑庙。

相传连头山有七眼龙泉,目前只余两泉,便是福佑庙后的福佑泉。水不在深,有药则灵,连头山成了药泉名山,全国各地人士慕名而来,排队汲水。后来,香港居士孔应顺、秀贞夫妇为了保护泉口,助资改建成水泥池并安装接水龙头,方便大家使用。水泥池顶上的水泥葫芦造型和其后帷幕后的神像摆设,给泉水增添了神秘色彩。如今,没了从前排队取水的忙碌拥挤,但见一彪形大汉裸着上身,旁边一女人为他舀水洗浴,想是也为治病而来。

往上有去风亭,由书法家沙孟海先生题字。去风亭为六角亭,亭中有对联,既写山水风景秀美怡人,又写泉水草药的祛风治病,如"山青水青青樟揽月,地碧天碧碧泉去风""山中百草茎茎叶叶皆妙药,松下一溪滴滴点点是灵丹"。其间立有去风亭碑,上有碑文,也是耐人寻味。

仙水需有仙草配,人们常在庙下陡峭的山坡上挖寻草药。传说这里的草药很灵,还与华佗有关。当年曹操欲杀华佗,华佗逃经连头山,迷恋这里的自然山水,在樟树下饮酒至醉,不慎打翻了药箱。时值大雨,药箱里的药便都随流水与飞瀑流到了其下深潭,滋养了山下的花花花草,那些花草便有了药效。此时的山上甚是寂静,没有人声,只有鸟鸣,草木出奇地繁盛浓荫。

茶

古樟下的一面墙上,有一段话特别引人注目,"诸恶莫作,众善奉行,慈悲平等,自净其意",注着是了尘师父所写。很想知道了尘师父是个怎样的人物,便找人打听问询。原来了尘师父是连头山寺庙的住持,在此当家二十年,筹资四千万元,为连头山寺庙办了不少实事,目前正闭关念经。这是怎样的一个师父呢？我忽然想见见这位师父，讨口茶吃吃。连头山据地势之利，靠山吃山，近水楼台先得月，可以就地取茶，福泉山上的茶还有对面望府楼的望府茶都是不错的。在热心居士的引荐下，了尘师父很热情地接待了我们。去时，他正襟危坐念经，木鱼声声，皆是梵音。

师父慈眉善目，言语不俗，侃侃而谈，信手拈来，都是文章。他说他是半路出家，皆因缘分二字。这种渊源始于他父亲，其父也是半路出家，法名守章，住持连头山永福庵，与水车镇东庵守三（曾任宁海县佛教协会会长）、西店尤家庵守立并称为宁海佛教界"三守"。三人各有特长，守章擅于经忏，守三工于武功讲经，守立精于书画花草。守章是宁海的经忏王，《金刚经》之类的经书都能倒背如流，弟子三千，功德无量，临终前还劝儿子出家。而当时的了尘正年轻气盛，表面答应，实则却是无法静下心来吃斋念佛。他做过手艺，混过江湖，越是热闹，越是浮躁，越是不自在，终于有一天想清静一下，躲进寺庙。他日落而息，日出而作，生活归于自然规律，结果神清气爽，心静如水，另有一番境界。于是他了却凡尘，出家为僧，几经波折坎坷，最后回到家乡，扎根连头山——曾经他父亲守章的立身之地，继承父亲的事业，继续父亲的遗志。他说，有些东西就像是命里注定似的，即便一开始想逃离，历经辗转，最终还是回归了。

闲谈间，水已烧开，了尘师父为我们泡了茶。我以为师父会给我们泡上一壶碧绿的新茶，可开水注入后，红色茶汤缓缓渗出。师父边泡茶边说:"我这人本土意识也很强,偏爱就近的东西,茶叶首选家乡的绿茶,喜欢看着福泉山上、望府楼尖那些带着晨露的碧绿嫩芽如何在采茶人的指尖流转入箩,又如何通过劳作加工成为桌上清茗,实实在在,满是人间烟火气。今天给你们泡的这道红茶,是来自青岛的崂山红茶,由一位朋友特意寄来的。这位朋友多年前生意失败欠下巨款,沉迷赌博,高利贷缠身,走投无路时求助于我。遇落难之人,当出手相助,我有心救他,又怕他赌博成性,坠入无底深渊,要求他发誓不再参赌,改邪归正,他一一许诺。他几经坎坷到了山东,果真脱胎换骨,诚心做起和尚,皈依佛门,苦心修炼,最后升了方丈。他心怀感恩,每年都会寄崂山红茶给我。"

爱茶之人不择茶,茶里尽是人生事。师父说完,为我们斟满了茶,茶汤清澈,口感纯净。顿时,我想到了人们常说的"放下屠刀,立地成佛"之语。是啊,改邪归正后,便是一个全新的人!

一个小小的寺庙筹资四千万元,谈何容易?问起化缘筹资之辛苦,他告诉我们,现在的施主都乐善好施。他们很开明,认为钱多了要干点好事,总攥紧口袋里的钱,患得患失,富可敌国又如何?积德比积财好,没有百世的家业,积德乐施便是永世留芳。

化缘艰辛,如何做好事情更重要。师父说:"人家助的,是别人的功德,要让它永远存在。作为住持,每做一件事,我要心里想着如何做好,那是永久的事,力求做到最好。如茶桌,从木材的选用到形式的设计,都要考虑桌子的价值和持久性,不求流行,只求长久,要经典,要品质,经得起时间考验,做成了就要让它一直存在。积万世之功德,即便我们过世,我们的下一代、下下一代如果能坐在这祖上捐造的茶桌旁喝茶,该是怎样的一种体悟。"

聊着聊着,茶色渐淡,日色金黄,不觉已是斜阳照壁。我们辞别,了尘师父起身相送,门口贴着"禁足外相""禁足内相",他在门口止步。下山时,我看到山门北面的对联写道:"甘霖普泽难润无根小草,佛门广大可度改恶之人",不禁又想起了尘师父泡茶时和我们说起的那个人、那些事。

2020 年 8 月 22 日

诗话宁海

很多人写宁海,以诗以文。择取几句,细细品读,另发感慨,以诗以话。

记得上林烟景好,不辞头白早归来。

——叶梦鼎

曾经,我们大多生于村庄,我们拥有漫山遍野的美景。春闻茶香,夏享清凉,秋收稻谷,冬看飞雪。后来,我们背井离乡,在城市里,漂泊着,奋斗着,热闹着。门前镜湖水,不改旧时波。

村庄在原地,寂寞着、忧伤着、美丽着。看着村庄炊烟袅袅升起,看着村民古道热肠,你的乡愁是不是也如轻烟般,在心头冉冉升起?

缪军/摄

他的家乡,是台州的宁海,这只要一看他那台州式的硬气就知道,而且颇有点迂,有时会令我忽而想到方孝孺,觉得好像也有些这模样的。

——鲁迅

一方水土养一方人,有着一千七百多年历史的宁海,各朝各代都有名人贤士涌现。他们胸怀山的宽厚和水的博大,在历史舞台上挥毫泼墨,书写人生。从名相叶梦鼎、史学名家胡三省到名儒方孝孺、探花郎卢原质,再到国画大师潘天寿、左联作家柔石……

时代不同,领域不同,术业不同,但他们身上都有一股宁海人特有的执着劲,对事业追求的执着,对忠义气节的执着,一脉相承,浩然正气常在。再看看我们身边的父老乡亲、大小人物,又何尝不是朴中含秀、柔中带刚呢?

然则物之一盛一衰,果系于数不系乎人哉?

——郑霖

曾经,我们都是有故乡的人。后来,故乡和时间一样渐渐消逝,幸好还有记忆,还有乡愁,还有故园、故人、故事……

朱颜已改,雕栏玉砌不在。回望处,残垣断墙,转眼便是高楼大厦。回不去的老地方、旧时光……我们要做的,是通过笔和镜头留住记忆,让未来的孩子们能看到现在的故乡。

家有良田千顷,不如一技在身。

——民谚

人之寿夭在元气,国之长短在风俗。衣食住行、逢年过节、婚丧嫁娶、宗族宗教……民俗最有人间烟火气,浸透着千年岁月的痕迹,与生命融为一体,任时光流逝,将远古的生活习俗绵延下去。

千年前的人早已化为尘埃,千年后的人依然香火延续。传承千年的,除了民间习俗,还有技艺。农耕之余,不乏琴棋书画诗酒茶;五匠之乡,多的是身怀绝技的能工巧匠。我精雕细琢打造千工床,你飞针走线绣出鸳鸯衾,再共弹一曲《凤求凰》……

一座城镇,一方土地,犹如一个人,有它的成长历史,有它的前生今世,才有它的未来前景,可以让这方土地上的人们更好地珍惜它、更好地发展它。

——薛家栓

　　刀光剑影暗淡,鼓角铮鸣远去,古之将相终归荒草间。历史一脉相承,尽管沧海桑田,湮没了黄尘古道、秦砖汉瓦,却湮没不了文化渊源。走在山水之间、乡野之间,赴一场历史之旅,穿透岁月的迷雾,揭开尘封的记忆,去探寻隐匿在乡野的古迹,去拾掇散落在民间的逸事,去回味如歌的往事。

　　历史的天空星光不灭,地上的每一块石头都有它的前世今生。人的生命需要血脉得以延续,历史也需要其独有的"血脉"使其永生。好好珍惜,让它们尽可能在这世间活得长久。如果有来生,它们会继续向我们的子孙讲述远去的岁月、昔日的精彩。

　　吾乡之士多秀而有文。

——方孝孺

　　一地方有一地方之文艺,一地方文艺有一地方之特色。无论是天下读书种子方孝孺,还是国画大师潘天寿,以及后来的作家、画家、书法家,无论后来走得多远,他们的文章书画里都带着宁海的性情智慧和根深蒂固的家乡情结。

著书立说,把乡愁铭刻在灵魂里;笔墨丹青,刻画岁月的风景。作家者,文以载道,三言两语,嬉笑怒骂,道尽世态炎凉;画家者,画以载意,轻毫淡墨,一叶半花,绘出心中悲喜。

踪迹十年未有闲,喜今便得故乡还。温泉新水宜清浴,爱看秋花艳满山。

——潘天寿

宁海,自古有山溪竹木之美,稻麦鱼盐之饶。天下旅游,宁海开游。云散日朗,人意山光,俱有喜态,宁海成了游圣徐霞客游记开篇处,从古名扬到今。除了文字,摄影也是一种语言,将时间定格在瞬间,将风景变成永恒。

生于斯长于斯,爱上这片美丽的土地,不忍离去,也不愿遗忘。即便身在他乡,未得有闲,也是心有家园,情系故土。一朝归来,喜出望外,看不够的山水风景。别说是归来的游子,即便是外乡人,也会爱上这片土地,从此,他乡便成故乡。跋山涉水,走街串巷,朝赶日出,晚追夕阳,把满山秋花分享给乡人和世界。正如皮特·亚当斯所说:"对于伟大的摄影作品,重要的是情深,而不是景深。"为什么他们的镜头下都是美景?因为他们对这片土地爱得深沉。

2021 年 5 月 19 日

第二辑　乡艺·拾遗

前童行会

一

爱上一个地方，总是有理由的，比如因为某个人、某件事或者某处风景。

爱上前童，有很多缘由。

初遇前童，是在20世纪90年代初。大学期间我去前童访友小谦，他高中高我一级，大学又同校同修中文。二层古朴小屋，屋后小桥流水，庭前花开满院，楼上藏书充栋，案头笔墨飘香，他的祖父谈笑风生，家人热情如亲人，处处是浓浓的文化气息。师兄是典型的谦谦君子，温文儒雅，我终于明白了其渊源所在。那时旅游业尚未兴起，对前童印象便是古诗词里的"小桥流水人家"，是学中文的女生看一眼就能爱上的地方。

再遇前童，已是21世纪。初到宁海电大任教，学校办起

缪军／摄

了全日制普通专科班，老校长童国健老师爱生如子，带文秘班的学生去前童采风。他家也是二层木结构旧楼，处处能看到古迹祖训。他给我们讲前童的历史故事，他的父亲童先林由师兄的祖父童衍孝介绍加入中国共产党，一起参加抗日救亡运动，新中国成立后担任宁海县首任县长。革命的家庭、严谨的家教、敦厚的家风养成了童老师秉直认真的品性。那一天，我第一次看到了前童元宵行会的盛大场面，宁海附近乡村的人们都赶来凑热闹。我惊叹于他们对传统文化的继承和发扬，这样一个小小的古镇竟然还流传着如此内涵丰富的民间文化活动。

又过了十多年，我再一次走进前童。此时的前童早已声名远扬，各种名誉头衔、各路专家名人、各地游客旅人纷纷而来。后来担任宁海电大校长的童富军老师也是前童人，一样地热心家乡文化事业,文章家乡情,课题家乡事,将前童文化推广做到了省里。作为课题组一员,又是方姓后人,我对方孝孺在前童的活动尤感兴趣,便借着各种机会去前童,逛古镇,访古迹,吃美食,感受浓浓的传统文化,百去不厌,我已经深深地爱上了这个地方。

二

  去年元宵,我报名"党群同心圆"活动,加入前童元宵行会维护秩序队伍,再一次亲历了前童行会。如今的前童行会已被列入国家级非物质文化遗产名录,大量游客接踵而至,比当年不知要热闹多少,还上了中央电视台新闻直播。俗话说,外行看热闹,内行看门道,热闹看了不过瘾,外行的我还想去看门道。于是,我特意去鼓亭馆请教了元宵行会的传承人——童全灿老人,补习了一堂行会文化课。在那儿,我还邂逅了高中辍学打工时的热心工友葛爱葵,这位前童媳妇如今也加入了鼓亭馆工作。多年不见,她已是奶奶级别的人,我家闺女也上了大学。经过他们的详细介绍,我对前童行会有了一些了解。

  前童行会始于明,盛于清,扬名于今。明代正德年间,童濠率族人从村外十里的白溪开沟引渠,使田肥土沃,五谷丰收,小溪绕屋,清流映带。后世子孙遵照祖训,以孝友训家,大行孝义,通过行会来纪念童氏祖先开渠引流的功德,祈愿

缪军/摄

年景丰收,集聚宗族凝聚力。前童行会是一场民间游艺活动,主要通过鸣群锣、抬鼓亭、放铳花等方式来表现,代代相传,年年如此,隆重的场面令人难忘。

每年前童行会在正月十四下午一时左右正式开始,三声铳炮震天响,凡童氏后人都在镇大秧田集中,头牌在前,大旗开道,十八杠鼓亭、抬阁、秋千紧随其后,一路上鼓乐齐鸣,锣鼓震天,人声鼎沸。队伍浩浩荡荡,去前童大祠堂接受八代太公检阅,到塔山庙请出濠公老爷一起走街过巷大巡游。为纪念童濠对塔山童氏的功德,后代子孙塑起童濠像,尊称其"濠公老爷",每年元宵请他一起分享丰年与喜悦。一连两天的巡游,到处是欢歌笑语、喜庆欢舞,白天到夜晚不停歇。晚上的鼓亭、抬阁、秋千都点上灯笼,家家户户张灯结彩,铳花燃放，夜空绚烂，给行会增添了另外一番美好。最后将濠公老爷抬回庙内，整个行会才告结束。

巡游以每小时一千米左右的速度前行，走过小桥流水，走过村庄大河。凡行会队伍经过之处，都有村民摆上各种供品，虔诚献香奉烛敬濠公，并以红枣桂圆茶等热情招待行人游客。行会的人，看行会的人，一路走一路随，人越走越多，队伍越走越长，见首不见尾，盛况空前，令人叹为观止。

巡游路线基本固定，一些必去的点再远也不能省略，南岙便是行会每年必去之地。方孝孺曾前后两次在南岙石镜精舍讲学，为前童古镇播下读书种子，后遭残杀，"沾亲案"还殃及前童。但前童后人只记师恩，忠义敬师，节日喜庆不忘与他们尊敬的方正学先生分享。

三

前童元宵行会活动丰富，最大的看点是代表前童童氏十八房的鼓亭、抬阁、秋千。这些形式各异的鼓亭、抬阁、秋千采用朱金木雕工艺制作而成，具有精湛的雕刻、造型技艺与深厚的文化意蕴。每一件器具都是以童氏家族中的各个族房作为主体的，有其特定的名称和内涵，每一杠都演绎着一个历史故事。

鼓亭状如塔亭，高五到七米不等，分五层、七层或者九层，内置大小鼓各一，多以青少年组成乐队，多人抬杠，一人击鼓领奏,丝竹齐鸣,也有戏曲伴唱的。行会中排在最前面的永远是大房五份前屋派的公忠亭,因为其对国家贡献最大,为族人争光最多,受过各朝皇帝六道嘉奖圣旨。接下来的各亭顺序由每年开会抽签决定,有德操亭、忠义亭、继乐亭、花桥亭、尺木亭、追远亭、吉庆亭等。鼓亭不仅象征着童氏家族各房的兴旺,更多的是被赋予了忠孝礼义、耕读传家等历史文化精髓。

抬阁就其艺术构造而言,其实是一个活动的小舞台。它长约两米,宽约一米,高约四米,基本结构是下部呈船形,船旁挡板上雕刻有龙、凤、麒麟等吉祥图案。船上有前低后高、上高下低的二层座椅。人们挑选三五个七八岁的俊儿俏娃,扮成戏曲人物,或静或动,或坐或站,或峨冠博带,或凤冠霞帔,或金盔铁甲,个个粉雕玉琢,口含珠丹,眉角飞扬,让人望而生怜。

秋千形状大小与鼓亭基本相似,但秋千的底部两层是空的,设座板成四架小秋千,如小型摩天轮。秋千上坐着四个本房的小孩,也装扮成戏曲人物,行进中一人在旁拨动转轴,孩子们一蹬一踹,秋千就上下滚动不停,煞是有趣好看。

夜晚的前童行会更是惊艳。"东风夜放花千树。更吹落、星如雨。宝马雕车香满路。凤箫声动,玉壶光转,一夜鱼龙舞",辛弃疾笔下的元夕,千年后在前童古镇被演绎重现。瞬间有种穿越的感觉,如梦回千年,不知今夕是何夕。

文化前童，魅力前童，看不完的风景，说不完的故事。但我毕竟只是一个匆匆过客，所及之处不过十一。百闻不如一见，更多内涵，更多美景，更多美食，还得您去亲近亲历亲尝。"年深外境犹吾境，身在他乡即故乡"，前童是前童人的故乡，也是我们的故乡。元宵佳节去前童，赶一场行会，赴千年之约，穿越旧时光，留住记忆，记住乡愁。

2018 年 2 月 18 日

父亲的手艺

父亲是个手艺人,他用手艺养育了我们,千凿万凿换得我们衣食无忧。我们长大了,父亲却老了,道声晚安便成了永别。总以为来日方长,可以慢慢陪着他,如今却阴阳两隔,除了清明上坟时给他老人家点支香烛,倒杯淡酒,献束鲜花,供点水果,添抔新土,插上纸幡,我们还能做什么呢?树欲静而风不止,子欲养而亲不待,唯愿逝者安息,眼前人各自珍惜。

又到清明时,搁置了一年的凿刀又生锈了,收拾一下,开始刻纸幡,这是父亲几年前教我的手艺。

那时父亲的大徒弟倪小明来看父亲,并送我一幅他的画,还带我去三门县博物馆看他雕刻的毛泽东像。这又勾起了我对雕刻的兴趣,和父亲说让他教我木雕。

父亲说,木雕不是女人干的活,学点画画倒是可以。他坐在轮椅上,用他画菩萨时惯用的"三庭五眼"理论耐心教我画

刘方雨/摄

人物,手颤颤抖抖地示范着。我对自己的画感觉良好,他却如当年训他徒弟一样,说这不对那不对,没一句好话。没几天,我就没了兴趣。父亲便说我这也想学那也想学,却又没恒心,只有三分钟热度,结果一样也学不好。他念叨着,学手艺也好,做其他事情也好,要做就得专心投入,做一件是一件。

清明前,母亲说市场上卖的纸幡粗糙难看,于是父亲就说教我刻幡,熟悉一下凿刀的用法也好。于是我翻箱倒柜,找出生了锈的凿刀,一番打磨锋利后,父亲尘封多年的凿刀又派上了用场。父亲在旁边一边看一边教,我刻的纸幡基本算能过关,母亲说再也不用去市场买幡了。可没过两年,当我再拿起凿刀时,却再也听不到父亲坐在边上指点、唠叨了,我刻的幡却要挂上父亲的坟头。阳台雨点滴答滴答,如泣如诉。敲槌落下,凿穿透板,镂纸飞起,纸幡未成,泪已如雨。

父亲是个手艺人。那时,农村人都讲究闲时学门手艺好吃饭,木匠或泥水匠居多,我爷爷就是木匠。父亲是雕花人,雕刻手艺的技术含量高,而且他雕的是佛像,更是多了几分神圣,更有文化艺术内涵,如匠人中的知识分子,很受尊重。然而父亲实际没学多少文化,尽管他成绩优异,因为家贫,没念几年就辍学谋生了,但他爱文学也好学,《红楼梦》《三国演义》《西游记》等名著整套整套买来看。这些书滋养了他,后来也成了我的文学启蒙,现在还静静地立在我的书架上。

父亲凭着艺术天赋,无师自通,画得一手好画。男儿成家之后需立业,一开始他也要参加队里的农活赚工分,手艺是业余爱好,他学着给村里的雕花床漆漆画画,贴补些家用。他的漆画我见过,前几年我去村里的小学同学家玩,看到她家雕花床上的西湖山水画和古代人物画很漂亮,大赞了一番,结果她母亲说是父亲画的,同学还取笑我是不是有意在吹捧自己的父亲,其实我还真不知道那是我父亲画的。

后来手艺成了他的专业,他走出山间,走向更高更远的大山。父亲出门做手艺久了,回到家,几个月不见的笨小孩就不认得父亲了,我五岁那年就闹了这样的笑话。我哭着跑到隔壁姨妈家要留宿,说家里来了陌生客,会不会是抓人客要把我带走(小时候不听话,大人都爱拿"抓人客"吓唬小孩,相当于现在的"人贩子")。他去世以后,一位双峰槚杭的老人听说后,几经打听来到我们家,说起父亲年轻时在他们村里做手艺是如何的艰辛和重情重义,老泪纵横。我和母亲泣不成声,父亲以前回家时只和我们讲深山里的有趣见闻,从没诉过苦。

雕花床漆画画多了,父亲又触类旁通,学会了雕刻,从简单的雕角花发展到雕菩萨。从此,他走上了雕刻之路,越来越出名,也越走越远,带上母亲和年幼的弟弟,走出大山,扎根大西北。我们姐妹自然成了20世纪80年代初典型的留守儿童,大姐跟着奶奶,我跟着姨妈,大妹跟着姑姑,小妹跟着外婆。那时我们特盼过年,因为只有在过年时父母才会回家团圆。父亲便会带回整箱上海糖分给大家,各式漂亮的糖纸和香甜的糖成了我最好的新年礼物。

因为父亲的手艺,我们家的条件越来越好,由原来乡里穷得叮当响的困难户,变成了远近乡村有名的万元户。父亲带回了村里的第一台彩色电视机,引得全村的人都跑到我家看《万水千山总是情》《三看御妹》,满屋子的人都快把我家木结构的小房子挤破了,新买的沙发都压塌了。很多村里人投来羡慕的眼光,经常直接或间接地来说情,希望自己家的孩子能跟我父亲学手艺。而他却一天到晚叫我好好学习,嫌我字写得难看,把我反锁在房间里逼我练字,还跑到我的小学老师那儿拜托他对我严格些。

小妹七岁时突然肚子痛,来不及带到城里医治就走了,父母都没赶得及回来见最后一面。父母对妹妹的夭折很是伤心自责,就把我们姐妹都接到了父亲做手艺的地方——夏河,甘肃西南的一个小县城。那里不但有"世界藏学府"美誉的拉卜楞寺,也有赏识、敬重他的贡唐仓活佛,还有一大帮做着各种手艺的宁海老乡。寺院后面的小院便成了我们的温馨小家,在那里,我看着一件一件大宗的木雕佛像怎么雕成又怎么被运走,看着父亲指导母亲和表姐制作绢丝唐卡,看着父亲的徒弟们一边忙着手里的活,一边忽而天文忽而地理地唇枪舌剑。夏河的宗教氛围很浓,街上喇嘛多,朝拜的藏族群众多,观光的外国人多,父亲接的活也多。街上的牛肉面片特香,凉皮特韧,冻梨特甜,馍馍特香。夏天的夏河很凉爽舒适,父母就带上我们约上宁海老乡一起去桑科草原郊游、野营,羊肉烤起来,香槟喝起来,冰雹落下来……外面的世界很精彩,也很无奈。它满足了留守儿童的归属感和未出过远门的孩子对异乡的好奇感,我没见过的、没玩过的、没吃过的都在那里尝试了,却无法满足一个初中学子的求知欲。东西部教育的差距很明显,一个小县城,无论师资、环境,还是教学质量都无法和我曾就读的乡镇中学比。过年回到老家,我感觉我的功课和村里的同学比落了一大截,就赖着不愿再走了。

  我曾经也抱怨过父母狠心丢下我们,此时终于明白,做手艺的父母不是因为不负责任让我们留守,他们出门赚钱是为了让我们过更好的生活,受更好的教育。在夏河短短的一年时光是我们年少时家庭最完美的篇章,此后,我们又天各一方,我们在南方,父母在西北。那时的父亲风华正茂,巧手如春,健步如飞,而我们正值豆蔻年华。

　　我在家乡上完初中,上了高中,而后考进了大学。家里出了个大学生不容易,父母很是开心。特别是父亲,差不多把我当儿子看了。他来信总叫我"英儿",总夸我写的字像个男孩似的。父亲接了新活,去了青海的夏琼寺。据说那儿的条件更差,交通不便,喝水都成问题。读大二时,我突然闹着要辍学,要背着包去青海跟他学雕刻。父亲当然不同意,我便是他的大学梦和文学梦。他坚决反对,周志锋老师也苦口婆心地劝阻,加上我心本不坚,终于放弃从艺的想法,完成了学业。大学毕业时,陈诗经老师临别的赠言"心甘情愿做一辈子老师",成了我坚守教育岗位多年的座右铭和"紧箍咒"。

　　随着家乡经济的飞快发展,就业机会增多,大学也扩招,越来越多的农村孩子上了大学,不念大学的也到厂里上班,不上班的也去学数控、学装修。雕刻出师慢,又不如其他行业赚钱,雕刻徒弟越来越不好带了。西北虽然有市场,但条件太苦,工钱还是论尺寸、论工时计价,藏佛做工精细繁杂不好挣钱,不像现在的艺术品一丁点大、很简洁的也能卖个三五千元。当时本地雕刻市场没兴起来,留在老家就意味着失业,父亲很多学成出师的徒弟都转行了。卖水产的有,开超市的有,学模具的有,做销售的有,都比雕刻赚钱,而且不用背井离乡、别妻舍子。父亲的雕刻手艺,就像电影《百鸟朝凤》中焦三爷的唢呐一样处境尴尬、前途堪忧。传统艺术在面临困境时,自我复兴不易,执意坚守也难。跟父亲学雕刻的舅舅去北京开了家具厂,生意不错,在北京买了车买了房。后来,父亲也跟着去了。他精于技术,但不擅于管理,最终还是回到雕刻本行,把厂子交给了弟弟。

有一次出差去北京,我顺便去看了几年未回家的父亲。他的工作间有点乱,堆放着很多半成品,他边抽烟边咳嗽边干活。我劝他年纪大了烟伤身,戒了吧。他说不抽干活提不起精神。他老了很多,动作迟钝了,反应也没以前灵敏,视力也不行了,雕刻时还得拿个放大镜看。我小时候,他给我讲过祝枝山带放大镜的故事。我开玩笑说,他也变成祝枝山了。他干会儿活就说累了休息会儿,然后端杯浓茶坐着看很久的古装电视剧。干活的速度慢了,出活自然也慢了。有时买家催着交货,他来不及,还得请师兄弟大老远从老家赶过去帮忙。我劝他,要不回老家吧。他说,能做再做几年,等到厂房拆迁赔些钱也好。他送我出门,送了一程又一程,再三地叮嘱带好我家六六。北京的风沙特大,吹乱了他的头发,吹糊了我的双眼。

但终究没等到拆迁,父亲就因病不得不回老家了。医生说他脑萎缩,手脚不听使唤了,他不得不放下他的手艺。他舍不得那些陪伴了他多年的凿刀和机器,大箱小箱地打包从北京托运回来,还带回很多半成品和木材。他希望有一天能重新拿起凿刀,像以前那样干活,但终未如愿,机器和木材最终还是贱卖了。他留了一些黄杨和紫檀,本想等老了不用赚钱了,就给我们姐弟们多雕些作品留念,但他人未老却身不由己,有心无力了。他便挑出几件半成品,托大叔也是他的徒弟上了漆涂了金,送给我们。给姐姐的文殊菩萨静静地坐着;给弟弟的弥勒一天笑到晚;给我的观音满眼慈悲,如父亲的目光,我却再也见不着父亲了。他用凿刀雕出了人间百态,岁月也如他手里的凿刀,把沧桑刻在他的额上,把伤痕累累刻在他的身上,狠狠割断了我和父亲的半生缘,将一世深情永刻在心间。

父亲一生走南闯北,奔走于各大寺院雕菩萨。他雕刻的大小佛像被供奉于各大殿堂庙宇,被世人当成艺术品欣赏,当作神物膜拜。但他始终没有成名成家,尽管他技艺精湛,人们都叫他方师傅。但在我心里,父亲就是艺术家,他以匠人精神守护着他的手艺,做了一辈子的雕刻匠。

父亲走后,看着他留下的一大堆蒙上尘埃的书画和未完成的雕刻,我常常心有隐痛。和好友去看电影《我在故宫修文物》,看到文物修复师傅认真执着的画面和那些熟悉的佛像时,泪水模糊了我的双眼,我仿佛又看到了父亲。

年前,姐夫搬回父亲原先从北京运到上海寄卖的佛橱,说厂房要拆迁了。我仔细一看,这不就是我十年前去北京看父亲时他做的佛橱吗?我和母亲说,能不能别卖,留个纪念?她说,那么大没地方放呀!然后母女俩相顾无言,各自沉默。

年后,父亲的另一个徒弟在前童开了一家古色古香的民宿。他早已改行做生意,但不敢忘记学的手艺。他把那儿当作灵魂的栖居地、精神的家园。他在那儿雕梁画栋,精工细琢。他把民宿命名为久木房。

一次偶然的机会,我碰到了大师兄的儿子。他不但子承父业坚守手艺,而且还在为手艺的传承做努力。他说,每周要去小学里上一堂手工课。匠人、匠心,重在传承,能从学校抓起,不失为一件好事。生活在继续,手艺在延续。父亲如果地下有知,应该也是欣慰的。

清明时节,纸幡又飘扬在父亲的坟头,细雨打在我的心里。

2017 年 4 月 5 日

久木房的木

师兄家的前童民宿久木房开业了，我特地跑去祝贺。前童的小桥流水、青砖灰瓦独具特色，建于其中的民宿都很有味道，师兄家的民宿风格也走的是前童特色。久木房民宿以木为名，各个房间的命名也是。师兄是我父亲的徒弟，在西北雕刻多年，后因顾及妻儿，不得不回乡创业，做起了生意。关于这个民宿，师兄讲了很多，从中可以感受到前童民宿经营者的一番苦心。

师兄的父亲不识几个大字，给他起了个名字叫其林。身为农民的父亲，初意可能是想将麒麟这一祥兽的温和与长寿寄予其身上吧。也许是因为这名字难写吧，写着写着就变成了现在的名字。一切像是命里注定，名中木多，他的人生也与木难舍难分。他从小在祖辈留下的木房子里成长，听老人们讲祖辈的故事。年少时，他跟着师傅学木雕，走南闯北，日夜与木为伴。多年后,他在城里买了房,却念念不忘前童的老屋,便和妻子商量着将祖宅重修为古风民宿。于是,他打造了现在的民宿久木房。

前童是历史文化古镇,有着太多耐人寻味的文化元素,很多游客慕名而来。作为前童古镇的民宿,应当承载更多的地方文化特色。因此,在设计时保留了前童的民居特色,青砖灰瓦,门前小桥流水,房屋内部也秉着木结构和雕梁画栋的古建特色,被冰冷的钢筋水泥包围久了的都市人,能在这儿感受到木材的温度和温暖。不但如此,他还在内涵上煞费苦心,努力挖掘历史文化传统元素,打造有情怀的民宿。久木房寄予了他对家乡的爱恋和对木雕艺术的留恋,他希望家乡和木雕工艺都能如千年古樟那般经久流传,木也长久,房也长久,但愿人长久,你我天长地久。于是,他将民宿取名为久木房。久木房包含着厚重的历史感和使命感。木是起点,开启了他的艺术之路;木也是终点,是他心灵栖居的家园。

他不但在民宿的命名上煞费苦心,在房间的命名上也是如此。他希望能围绕久木房,紧扣"木"字做文章,让古色古香的民宿散发出浓浓的文化气息。树乃木之源,《诗经》里的每一棵树都是一个故事。于是他在《诗经》里找到灵感,穿越千年时光,将《诗经》里的树木移植到久木房,以此命房名"桃夭""紫檀""桑梓""香樟""黄杨""红杉"。

千禧房是重点打造的婚庆主题房,因为关于爱情和喜庆,取名"桃夭"最妥不过。"桃之夭夭,灼灼其华。之子于归,宜其室家。"(《诗经·周南·桃夭》)这首祝贺年轻姑娘出嫁的诗正好能表达此房的主题。千工床、鸳鸯衾,待你长发及腰,把那凤冠霞帔穿戴上,执子之手,与子偕老。紫檀房不仅因紫檀木质坚硬,衬托木之久远,更因《诗经·魏风·伐檀》中有"坎坎伐檀兮,置之河之干兮,河水清且涟猗"经典之句。据说这里是指青檀,但看到此诗,他总会想到年轻时做紫檀木雕时的劳动场景,想象其先祖造房子时的艰辛场面。桑梓打造怀乡思亲主题,提倡对长辈要温良恭敬,出自《诗经·小雅·小弁》:"维桑与梓,必恭敬止。靡瞻匪父,靡依匪母。"

松柏都是常绿乔木,耐寒性强,长久不衰,是与《诗经》同时代的诗人们特别推崇的象征人的品性的高贵树木。如《鲁颂·闷宫》云:"徂徕之松,新甫之柏。是断是度,是寻是尺。松桷有舄,路寝孔硕,新庙奕奕。"松柏因其质地坚硬成为修建宗庙的首选木材,而宗庙是一个家族存在的标志,是家族历史的见证。他外公年少时曾经常和童伯吹在此屋树下下棋,六百多年前的帝王师方正学先生的手植柏树依旧遒劲苍郁地长在南岙山上。

香樟是他做木雕时最常用的木材,人们把它当作吉祥树、长寿树。一棵棵庞大的樟木雕出一尊尊巨大的搬不动的菩萨,它的芳香从他的青春年少飘到不惑之年。黄杨木质硬扎柔韧,也常用来雕刻佛像,是雕刻师们所偏爱的。千年难长黄杨木,黄杨因其生长速度慢更显尊贵,而且具有深厚的积蕴,每一寸黄杨里都积淀着漫长的时光。红杉也是长寿树,一大片一大片美丽的红杉林让我们看到了生命的美丽、奔放。

久木房的木,源自《诗经》里的树。身处久木房,仰望历史的天空,细品《诗经》里的风雅颂和赋比兴。希望在久木房住过的每一位客人都能带走快乐的心情,留下美好的记忆。像师兄家这样精心打造的民宿,前童还有好多家,一样富有文化情怀。民宿是前童旅游的一大亮点,也是文化前童不可或缺的一部分。远行的人走过前童的小桥流水,放慢脚步停下来,将自己隐于这闹中取静的民宿,让身心完全放松,找到那个喜欢的自己。

2017 年 5 月 16 日

四张千工床

假期去拜访童帝新师傅,他正和雕刻团队忙着赶活——四张精雕细制的千工床。再过一段时间,这些作品的零部件将一一拆卸、上漆再重组,我们有幸赶在上漆前看到了千工床的本色模样。与常见的十里红妆红色喜庆风格不同,它们将髹以清漆,保留花梨木的纹理,在生活家居中呈现清雅本色,奢华且低调,别有格调。

童帝新师傅 1947 出生于"五匠之乡"宁海前童,祖父是有"浙江蔡锷"之称的辛亥革命志士童保喧将军。他从小喜欢艺术,十六岁学雕刻,工绘画,年轻时在本地已小有名气,20 世纪 80 年代初去藏族聚居区二十多年,不少著名寺院里都留有他的佛雕、唐卡作品,曾获"浙江省首届艺术人才"称号,作品《中华颂》曾荣获宁波市金奖和最高人气奖。虽是与他第一次见面,我却倍感亲切。他和蔼可亲,谈起我父亲,我便想起父亲生前也时常提起他。他们同年,从事同样的行业,

方秀英/摄

同在西北待过一段时间。

  他们的作品可谓大手笔——四张千工床,另加四件雕花双门衣橱,都是私人定制、居家自用。所谓"千工",就是指一人一天一工,一张婚床须花上一千工之多,一千多天,也就是得三年多时间。其中一张为拔步床。拔步床被誉为世界上最奢华的床,是明清时期江南富贵人家的偏爱,也是地位显赫的象征。拔步床形制高大,结构复杂,重重叠叠,精雕细琢,费工之浩大,费时之长久,做工之奢华,非一般工艺可比。另三张为改良后的半月床,同样精工细制,工艺不亚于拔步床,只是少了拔步床繁杂的外围平台,三边皆可出入,将传统与现代结合,时尚简约,更符合现代人的审美与生活习惯。

  这么复杂的工艺,从设计、画图到雕刻都煞费苦心,童帝新师傅的画稿随处可见。这些千工床,不同部位通过浮雕、透雕、圆雕等不同手法、不同图案加以呈现,花草山水、人物形象、鸟兽虫鱼都栩栩如生。他在图案设计上擅引经据典,喜历史典故,将儒家文化的精髓完美呈现,如"杏坛讲学""木兰从军""牛角挂书""醉八仙"等;有些直接刻上诗文警句,如"天行健,君子以自强不息""天气微凉人好睡,阑干闲在月明中""春眠不觉晓,处处闻啼鸟"等。真是文化味浓浓的床啊!

童帝新老师向我们介绍说:"这个正背面的结子都一样,每个结子都有一个故事,像《三娘教子》《孟母三迁》,还有《三国演义》。特别是那大的一块,其中三张,一张是《杏坛讲学》,是孔子讲学的故事;一张是《醉八仙》,是唐朝八个诗人;还有一张是《八仙过海》。这些都是传统文化,这背面的结子都是唐诗、宋词、名人格言等。按现在来讲,都是正能量的,都鼓励人向上,又结合了一些传统、吉祥的东西。这些雕刻活,做起来不容易,得费好多功夫。"

眼看完工在即,大功即将告成,童帝新师傅感慨万千。他说,这些作品集雕刻、髹漆、设计、绘画、细木作等于一体,除了凝聚他们雕刻团队六人的心血汗水,王心权师傅带领的细木作团队也是煞费苦心。细木作是完成千工床的基础,整体框架很重要,细节部位制作难度也很高。全床都是榫卯结构,即使小至三五毫米的格子也是榫卯结构。现在,这样技艺精湛的手艺人越来越少、越来越难寻了。

在童师傅的引荐下,我们也有幸见到了王心权师傅,他来自黄坛镇永联村外王新村。他谈起这几张千工床制作的缘由："一位成功的企业家叫我们做四张千工眠床，他说要保护这种宁海传统文化，做几张老眠床用于收藏。我们第一张做的是半月的宁海传统型的千工床，是拔步床。他带家属来看，家属年岁轻，感觉传统的太封闭包围，喜欢空间通透点的，于是接下来三张改装为凉床形式的千工床。"

王心权师傅在这几张床上面设计出大藤穿细藤，全部榫卯结构，木匠师傅们用心做了两三年的时间。做好后，客户希望雕花老师也能用心接下去做，聘请了童帝新老师团队雕花。千工床的木工活也很不简单，"一根藤"技艺和榫卯结构难度极大，稍有差错很难结合。现在能做此活的师傅越来越少了，需要耐心，也需要水平。

一世人生半世床，床是生活中最重要的一件家具，与人相伴最久，如李渔所说，"乃我半生相共之物"，"人之待物，最厚者当莫过于此"，于是人们不惜重金打造精美称心的床榻。"宁海十里红妆婚俗"和"泥金彩漆"为国家非物质文化遗产，其民俗与技艺得以传承，正是因为有很多像定制千工床的主人那样的传统文化欣赏者，他们珍惜传统工艺，收藏传统器物。也因为有很多像童帝新、王心权师傅这样的能工巧匠坚守传统技艺，传承历史文化，才使得传统文化通过精湛的技艺得以完美地诠释与传承。每一字一画都是历史与文化的积淀，每一刀一刻都是传统技艺的传承，每一床一橱都是时光与智慧的结晶。

2021 年 12 月 1 日

走近古戏台

> 每到一个地方,总有一种沉重的历史气压罩住我的全身,使我无端地感动,无端地喟叹……
>
> —— 余秋雨

前段日子,随"乡土宁海"一行去江西考察,走近乐平古戏台。这确实是一场文化苦旅,早上6点起来,坐着小客车一路颠簸8小时,连午饭都来不及吃,就冒着酷暑去参观古戏台,饥肠辘辘才吃晚饭。但当一座座记录着历史辉煌和世事沧桑的古戏台呈现在眼前时,便觉得旅途中这一切的苦都是值得的。

乐平素称"赣剧之乡",山川钟秀,人文昌达。著名的"乐平腔"是当代赣剧的主要支派,为乐平人民所喜闻乐见,村村建有戏台。据统计,乐平范围内共有各类古戏台412座,是全国古戏台保存最多也最完好的县(市)。这些传统戏台中

第二辑　乡艺·拾遗

方秀英/摄

明清戏台遗存逾三分之一，风格迥异，绚丽多姿，有如一颗颗熠熠生辉的明珠，镶嵌在赣鄱大地上，构成了世间罕见的人文景观，被誉为"中国历史文化瑰宝"和"江西最有特色的文化遗产"。乐平也因此被称为"中国古戏台博物馆"。

乐平中国古戏台博物馆的领导们热情接待了我们。该馆是目前全国第一家，也是唯一一家以古戏台为主题，融收藏、研究、陈列、休闲于一体的专题性县（市）级博物馆，是浓缩版的乐平古戏台。

博物馆展厅分戏台风韵、艺术览胜、乡风戏俗、文化溯源四个部分，乐平戏台文化生命传承中的时代特征、乐平戏台建筑艺术的式样风格、乐平民风戏俗的独有风貌以及乐平的历史文化与戏台文化的渊源关系都呈现在我们面前。

我们领略到了乐平古戏台的古、多、美，其气势之恢宏、造型之俊俏、工艺之精湛实属罕见。乐平古戏台建造技艺在 2015 年初入选国家级非物质文化遗产，可谓实至名归。这些传统戏台融历史文化、建筑艺术、工艺美术等于一身，真想一一观看，但参观时间有限，馆长就带我们去看了几个有代表性的戏台。

洪皓森林公园古戏台。这是新建于文化公园广场的古戏台，耗资三百万元，不旧仿古，是为了纪念乐平籍南宋风节名臣洪皓，是对历史人物的纪念，也是对历史文化的传承。戏台三重檐、六翘角、悬棚式造型，结构严谨，工艺精湛。馆长仿佛特意安排将它作为戏台首选，因为洪皓和宁海有着不解之缘，曾任宁海县主簿。文化交流有时也是一种文化寻根，一种情感交流：若干年前，我的祖先曾在你的故乡；若干年后，你又来到了我的故乡。

杨子安村古戏台。这是当地村民筹资修葺的古戏台，外形初具，三层建构，用料讲究，雕梁画栋，气势恢宏。很多村落保留着聚族而居的传统，重视宗族血缘关系，外化为对谱牒宗祠的崇敬和对戏台戏事的热衷。"父老开心地，乡村体面场"，村民在热闹壮观的戏事场面中狂欢，日常的柴米油盐、鸡毛蒜皮、家长里短，在铿锵的锣鼓声中烟消云散，留下的是乡亲乡情、宗族兴旺，恪守、传承着数千年来民间宗族的和谐文化。此工程已耗时一年多，斥资三百万元，祠堂边的碑上记录着村民们的捐资，少则三五百元，多则三五十万元。炎炎夏日下，年轻的书记带着村民们在忙碌，皮肤晒得黝黑黝黑，却干劲十足。

边上一塘夏荷，花稀叶尚绿，微风过处伴着清香，和着翘角上的铜铃叮当作响，似与苍穹对话。回去路上看到一老人叫卖莲蓬，桶边插着数朵荷花，这座城市的古戏台使我震撼，细节处也打动了我。文化渗透是"随风潜入夜"，也是"润物细无声"，是自外而内、深入骨髓的，这是乐平人骨子里透出的文化。人们在经历着现实生活的艰辛同时，不忘在闲暇时享受片刻的精神愉悦，看戏台上生旦净末丑你方唱罢我登场是一种消遣，琴棋书画花酒茶信手拈来是另一种消遣。

浒崦名分堂古戏台。它建于清朝道光年间，是由晴台、雨台、厢楼、祠堂四面环合的一组建筑。晴雨台是名分堂戏台的主体建筑，以"建筑奇巧复杂，装饰豪华艳丽"著称。梁柱粗壮，满台精雕，气势宏壮，金碧辉煌。晴台面俯广场，重檐翼角飞翘。脊饰麒麟雄狮，气势非凡。台中设螺旋形斗拱式藻井，底部双龙戏珠烫金，梁壁花鸟戏文人物木雕，雕镂精湛，惟妙惟肖。真是满台的金描彩绘，金碧辉煌。雨台面向名分堂正堂，也是精雕细琢，浮雕遍布，浓墨重彩，富丽堂皇。两台相互背依，浑然一体，其设计之巧妙、结构之别致、雕塑之精工、布局之繁华，堪称一绝，是古戏台的极品。一行人在这儿留了个合影。馆长告诉我们，名分堂戏台也是历经天灾人祸，村民们视其为珍品竭力保护，修旧如旧，才使其整个构筑得以完好无损。晴台、雨台，"舞榭歌台，风流总被雨打风吹去"。唯有祠堂前古樟,斜倚一江清水,长相随。

车溪村敦本堂戏台。它始建于清朝乾隆年间,三间四柱三凤楼式,重檐双戗歇山顶。戏台戏楼层次丰厚,不仅戏台隆重精美,山墙错落有致、气势恢宏,而且整个建筑规模宏大、功能复杂,堪称饶徽二州祠堂戏台之代表。我们在感慨于其雕镂精细的同时,也感慨于其破旧荒芜。堂前杂草似人长,堂外烈日照断墙。台上出将入相难再,台下将相无处觅,功名富贵如浮云,不与那青天同在。

涌山村昭穆堂戏台。这是乐平市唯一一座留传至今的明代遗存。它结构严谨,工艺古朴,雕刻简练,相比清戏台的精雕细琢,自有一种风流。正门开在戏台下,直通正堂,台下高可行人,也是少有的格局。特别是那龙形墙,如两条巨龙飞腾,分踞于祠堂两边,气势胜过一般的马头墙,令人过目难忘。

最后,馆长还带我们参观了一个古戏台制作基地。老板是浙江人,其名乐平,也是有缘之人。蓝天下,一个规模宏大的礼堂框架已搭成。同去的葛招龙是这方面的专家,我佩服他一看到祠堂的柱子就能说出大概是什么年代的什么木材。但若不是走近看仔细,我还真不愿相信他说的这些木材构件都是做旧的。午后闷热,匠人们不知是被热的还是累的,都在木板上睡得正香,连我们在边上说话都没听见。看着他们,看着那些熟悉的凿刀和半成品,我不禁想起在博物馆看到的李菊生大师的油画《丹青不知人已老》,想起我那做了一辈子雕刻的父亲。

旅行归来，徐培良先生送我他的著作《宁海古戏台》，图文并茂，精彩纷呈。欣喜之余，不禁惭愧，我惊叹于乐平的古戏台，却不承想宁海本土也有那么多精制的古戏台。文物离我们那么近，而我们却忽视了它们，甚至遗忘了它们，破坏着它们。戏台又何尝不是我儿时的文化场和欢乐场？这种温情的文化符号，忽然照亮了我的年少记忆，我仿佛又听到锣鼓喧天、丝竹盈耳，看到了粉墨登场、水袖轻舞，忽而一出王侯将相忠孝节义，忽而又一出才子佳人儿女情长……那是生长在小山村里的我儿时所有的文学与艺术营养、精神食粮。

乐平文化之旅，让我学习了很多，懂得了很多，不虚此行。"文物承载灿烂文明，传承历史文化，维系民族精神，是老祖宗留给我们的宝贵遗产，是加强社会主义精神文明建设的深厚滋养。保护文物功在当代、利在千秋。"我真正体会到了习总书记这两句话的意义所在。所幸身边有这么多人意识到了文物的重要性，也有像"乡土宁海"团队和宁海文物工作者那样投入古文物的保护、宣传和抢救中，希望越来越多的人能加入这一行列。

2017 年 7 月 24 日

葛招龙的人生戏台

2022年9月15日，第十五届中国民间文艺山花奖颁奖盛典在世界文化遗产良渚文化发祥地——杭州市余杭区举行，来自全国各地各民间文艺门类的艺术家们齐聚一堂，共享中国民间文艺的丰收庆典。

木雕《人生·戏台》（藻井工艺）获"优秀民间工艺美术作品奖"，当获奖者葛招龙稳步走向领奖台，璀璨的灯光下，热烈的掌声中，素装如雪，人淡如梅。他参赛的古戏台比普通的古戏台小了近半，却是此次参赛作品中器形最大的，其结构之精巧、工艺之精湛、装饰之精美，令人折服。

"人间绝技巧夺天工，大国工匠情系中华"，这个古戏台，凝聚着葛招龙及其团队五年的艰辛和心血。"梅花香自苦寒来"，个中滋味，一言难尽。

渊　源

葛招龙的家乡宁海是"中国古戏台文化之乡"。宁海古戏台始建于宋元，盛行于明清。宁海凡新庙、祠堂皆有戏台，逢年过节必请戏团来表演，演戏无疑也是敬祖迎神、祈福、庆丰年的仪式之一。据明崇祯《宁海县志》载："正月演剧，敬祖迎神。乡间十二起，城里十四起，至十八乃止。"宁海人爱看戏，清代宁海诗人写有"元宵演剧到春残，乘兴何妨日日看。共道经年辛苦甚，三时工作一时欢"的诗句。台上演春秋，台下过人生。戏如人生，人生亦如戏。百年之后，人归尘土，舞榭歌台亦被雨打风吹去，历经兴衰，多隐入尘烟，传承至今的，少之又少。宁海是国内古戏台保存最多、最完好的地区之一，鼎盛时期有600多座古戏台，保留至今的有120多座。这些古戏台工艺精湛，承载丰厚，特别是其中被列入全国重点文物保护单位的十大古戏台，更是巧夺天工、各有精彩。葛招龙深谙其理，以"人生·戏台"命名自己复制的古戏台，其原型就是全国重点文物保护单位之一——宁海城隍庙古戏台。

城隍庙古称邑庙，不同于普通的民间寺庙，里面供奉的是保一方平安的城隍神。朱元璋曾令全国县级以上衙门所在地立庙祀之，特殊的地位使城隍庙几乎成为当地最富权威、最讲究气派的庙宇。宁海也是如此。宁海城隍庙建于唐永昌元年（689），历届县令上任，都要首宿城隍庙，翌日清晨设牲祭拜。许多地方的城隍神是现实中的忠臣良将,宁海供奉的城隍神为南北朝梁太清二年(548)在宁海平乱的田什。

城隍庙古戏台是人神共享的大舞台。旧时宁海各庙演戏,规模和影响当属城隍庙为最。城隍庙古戏台制作工艺精美绝伦,藻井工艺更是巧夺天工。据说当年建城隍庙时,遍寻民间高手,匠人以能获得建庙资格为莫大荣耀。他们怀着敬畏和虔诚之心,竭尽工艺之能事,呕心沥血为之,既为自己留芳,又为后世积德。当技艺赋予信念,艺术便产生了超凡脱俗的魅力。

每逢元宵灯节、清明、十月初一、春秋二仲月等,宁海人必到城隍庙烧香许愿,或敬请城隍出巡。相传农历二月初九是城隍生日,"祝寿戏"连演十天。农历三月迎神赛会,也要请客神看戏。传说城隍和西门的白鹤大帝是亲家,城隍神还要坐着八抬大轿亲自去西门白鹤庙邀请亲家看戏,敲锣打鼓,隆重热闹。

宁海城隍庙历经改建修缮,为浙东保存最为完好的县级城隍庙,古戏台藻井工艺更是成为后世匠人学习模仿的对象,也成了葛招龙复制古戏台的首选母体。

入　行

20世纪60年代,葛招龙出生于宁海西乡岔路镇湖头村。那时的农村孩子温饱都成问题,能读书的不多。那里是"五匠

第二辑 乡艺·拾遗

尤才彬／摄

之乡"，祖辈们多为匠人。葛招龙也在 20 岁时学了木匠手艺，随后走南闯北做木作，接触了各行手艺人，见识了不少艺术精品。稍有积蓄后，他收起了木工箱，返乡创业，做起了生意。

20 世纪 90 年代末至 21 世纪初，宁海很多老街区开始拆除重建。那时的人们乐滋滋地搬新楼弃旧物，很多老家具、老物件被当作廉价品，或被遗弃，或被贱卖。懂行的人看到了商机，他们意识到这些老物件价值不菲，转手卖给各地收藏者，甚至远销东南亚等地。很多有识之士为之担忧："这样下去，宁海的老宝贝要被卖完了，子孙后代都看不到了。"

也许是木作情怀依旧吧，葛招龙看着那些老房子里的雕梁画栋、窗格桌椅、红妆器皿等在叫卖声中，一件件流转易主，心急如焚。他不忍这些宝贝流落他乡，便凭着自己的经济实力去购买收藏,结果越收越多,家里一个个房间都塞满了"破烂"。于是,他就想到去老家买老房子存放,因为老家的房子价格便宜,又和这些东西很搭。但买来的老房子很破旧,需要修理。于是他拿出尘封多年的木工箱,发挥专业特长,以旧修旧。老屋配上老物件,古色古香,不亚于博物馆的样子,很多人闻讯赶来参观。之后,邀请葛招龙帮忙去修老房子甚至修祠堂的人越来越多。他发现,虽然城市里的古建筑被高房价挤压,几近绝迹,但农村里的古建筑保留下来的还有不少,只是因为风雨侵蚀需要修缮。

随着人们对古村保护意识的增强,古建筑修复需求也不断增加。于是葛招龙和周边相识的手艺朋友一起,组建了一支古建修复队,可谓重操旧业。人生有时就是这样,因缘际会。葛招龙兜兜转转一大圈,又回到了老本行——木作。

不久后,他在台州市三门县东屏古村开始了人生中第一座古戏台修复项目。他发现古戏台奥妙无穷,集木作、雕刻、泥水、彩绘、油漆等多种工艺于一体,相较其他古建筑,修复工艺更为复杂,技术难度更高,也更具挑战性。越是复杂,越是迷恋,从此,葛招龙一头钻进了飞檐翘角、雕梁画栋的古戏台中,一发而不可收。

2016年,葛招龙团队接下了宁海一市镇里岙村古戏台南一台的整体修复项目。南一台,被称为宁海出南门第一古戏台,建成于清康熙年间。历经三百多年风雨侵蚀,古戏台出现了大面积的腐朽、脱落、漏水等现象。和以往"哪里坏了修哪里"的局部修复不同,南一台的修复是一个全新的挑战,藻井需要整体拆卸修复,不然有坍塌之忧。拆下容易组合难,戏台的螺旋藻井建筑工艺最为复杂,堪为"宁海一绝",榫卯拼接,环环相扣,一环搞不好,搭不回去,可就要坍台了。葛招龙经过深思熟虑、周密计划,小心翼翼地将整个戏台进行立体解剖,把拆卸下来的构件逐一标上序号,立体的戏台变成了平面的构件排列。然后他们对这些构件进行防腐、防蛀、防火处理,修补损坏的部位,仿制补充完全腐朽的部位。处理完毕后,他们再将构件按照原样逐一组合。历时三个多月,当南一台的最后一个构件归位完成时,葛招龙终于松了一大口气。南一台的成功修复引起各大媒体的关注,中央电视台《探索发现》等栏目对此进行了专题报道。

南一台的整体修复,使得葛招龙对古戏台营造技艺有了全面的掌握,他摩挲过每一个拆下的构件,烂熟于心,运用自如。之后,越来越多的古戏台经他的妙手修复,焕发了鲜活的生命力。他觉得,修复不亚于创造,是件很有意义的事。

老物件经过修复,仿佛重获新生。这时,葛招龙萌发了一个大胆的想法:既然我能拆一座古戏台,为什么不能建一座古戏台呢?

传　承

做成什么样?心里没底。于是,葛招龙在劳作之余,跑遍了县内大大小小的古戏台，观摩、思考。同时，他还向古戏台文化研究专家学习取经，特别是从宁海古戏台保护"第一人"徐培良先生那里，学到了许多东西。

2017 年，葛招龙和徐培良等人特意去素有"中国古戏台博物馆"之称的江西乐平考察古戏台，看到当地有宅院台，便有了灵感。葛招龙想到，妻子能弹会唱，很喜欢戏曲，如果在自家院子的梅树下搭一座古戏台，多好！他甚至连名字都起好了，就叫"龙凤台"。因为他自己名字中有个"龙"字，妻子的名字中有个"凤"字。葛招龙的脑海中浮现出一幅美好画面：白梅花下，龙凤台上，琴瑟和鸣……

当想法要付诸现实时，葛招龙开始思考：在自家院子里打造古戏台，器形上不能像传统古戏台那么大。他想到南一台在制作工艺上和宁海城隍庙古戏台相似，只是器形上缩小了一些。思量再三，最终他选择参照城隍庙古戏台来制作。在修复南一台的时候，葛招龙常听村里的老人说，当年建戏台时，工匠师傅很认真，为了造好戏台，去宁海城隍庙考察，吃住都在那座戏台下，整整三个月，专心研究，剖析古戏台结构，描摹藻井图案……功夫不负有心人，回来后终于建成南门第一台——南一台。为了造好龙凤台，工匠师傅葛招龙也无数次去城隍庙，在古戏台下转圈，在古戏台上仰望，经常一待就是一天，沉迷其中，不能自拔。

宁海城隍庙古戏台面阔 5.25 米，进深 5.15 米，台面离地 1.66 米，单檐歇山顶，飞檐翘角，凌空耸立，气势雄伟。里面南一台面阔缩小至 4.5 米左右。考虑到宅院台的特点，葛招龙大胆地将器形按比例缩得更小，面阔 3.2 米，进深 3.1 米，离地 0.6 米。与依样画葫芦的修复工程不同，新建一座按比例缩小近一半的古戏台，没有任何制作图纸，也没有任何书籍资料可参考，谈何容易！葛招龙沉下心来，细细琢磨祖辈口口相传的技艺口诀，结合多年修复古戏台的实践经验，按照宁海现存古戏台的形制和尺寸，在薄木板上按比例打样、描摹、切割出戏台的每一个构件。然后把一个一个构件拼接起来看效果，不行再推倒重来。就这样不断尝试，不断修改，一年过去了，图纸画成了。之后，大大小小 9000 多个构件的制作雕刻，又耗时两年多。

2020 年 12 月 30 日，葛招龙的枫湖庐中白梅刚开始吐蕾，天正寒，大家却干劲十足，酝酿制作了三四年的戏台构件终于可以组装拼接了。就像玩一堆庞大复杂的积木，搭了拆，拆了搭，边搭边改，反反复复，足足又花费了一年多时间才完工。一座小小的古戏台，前前后后历时五年之久，花去近万工人力，最终得以完美面世！

2022 年 1 月 27 日，枫湖庐院内张灯结彩，充满过年的气氛。庭院中白梅星星点点，怒放如雪。往年白梅绝对是众星捧月的主角，而此时另一处"山花"却更耀眼夺目——主人葛招龙制作的古戏台摘得民间文艺最高奖"中国民间文艺山花奖"（"优秀民间工艺美术作品奖"），刚从参赛地辗转运送归来。白梅树下"龙凤台"，枫湖庐中"山花"开，亲朋好友闻讯到场，一睹这荣归故里的"山花"。仿古宅院，青砖黑瓦，石板道地，白梅胜雪，"龙凤"呈祥，"山花"烂漫。龙凤台前，灯影绰绰，琴声悠悠，言笑晏晏，美不堪言。

师古但不泥古，龙凤台集宁海众多古戏台之长，又大胆创新。戏台越小，雕刻越精细，在藻井上犹显功夫。螺旋式藻井由16行16列雕刻精细的龙凤昂层层堆叠而成，层层出挑，自左向右盘旋而上。昂与昂之间由升斗、榫卯和吸音板、消音板、放音板连接。每个昂身外挂一个如意瓜果拱，形似龙爪凤翅。昂尾归于明镜，犹如盘龙归于顶部。所有构件的图案饰纹是雕刻师们一刀一凿雕刻而出，圆雕、镂雕、深浮雕、浅浮雕等手法并用。图案更是意味深长：龙凤麒麟、朱雀神兽尽现，梅兰竹菊、荷花牡丹各种花卉齐放，才子佳人、帝王将相各式人等上场，福禄寿、八仙神话人物各显，《封神榜》《三国演义》《水浒传》各门戏剧上演，篆、隶、楷、行、草各种字体并存……这些构件雕刻得栩栩如生。即便是一个小小的藻井圈护栏喜鹊构件，也因一个微小变化又分"喜得莲藕""连中三元"等不同内涵，不是内行根本不会留意到。而这些构件甄选有年份的香樟木、乌楮木、老柏木、老杉木及本地松等五种木材制作而成，寓意"五世其昌"，真是煞费苦心。

龙凤台沿用古戏台技艺，完全利用榫卯和斗拱对接交叠而成，整座戏台不用一颗钉子。匠人的智慧和对传统手作技艺的传承，在此得到充分显现。

葛招龙说："今后，我会牢牢植根于民间艺术厚土，倾我一生来保护好宁海古戏台,传承好传统戏台建造技艺。"宁海古戏台如何在新时代保持生命力?如何把宁海古戏台建造技艺向全国甚至全世界推广,进一步擦亮这张宁海的国字号金名片?葛招龙有自己的思考:"古戏台是立体的,如果形成一个可教学的平面,就可以方便大家学习;传统的古戏台是庞大静止的,需要创造出更多的小古戏台,像龙凤台那样可以周游各地;向故宫文创学习,将戏台元素渗透到更多的文创产品里,让古戏台活起来、潮起来……"

2022 年 12 月 15 日

宁海平调,不平常的腔调

腔调有支派,流行三门湾。

柔婉融昆曲,粗犷合乱弹。

耍牙蛟出海,抱瓶滑雪山。

珍惜家乡戏,犹存本地班。

——顾锡东题词《宁海平调史》

每个村庄多有一个庙,供村里信奉的人祭拜祈福,跃龙街道的跳头村也是。虽然跳头村坐拥城区繁华地段,从早到晚透着城市的气息,摩天大楼取代了古村落,外来户代替了原住民,但跳头村城隍庙的香火比一般村落小庙的香火盛,香客不仅有附近居民,还有很多从远处慕名而来的香客,说城隍爷灵,特意来求生意求财富,求功名求生子。城隍庙香烟袅袅,萦绕至今。每个村庄多有一个祠堂,内设戏台,节庆时热闹一番,庆余年,祈降福,戏台上锣鼓喧天,演绎着古往今来、帝王将相、才子佳人的故事。跳头村有没有古戏台我没打听，即使没有也不打紧，他们村的地界里有一个国家级的非物质文化遗产传承基地——宁海县平调艺术传承中心，那可是非同寻常的国字号"地方特产"呀，那里盛产"帝王将相""才子佳人"。"近水楼台先得月"，想要看个戏，简单，家门口的事！

看戏是一种生活仪式，在宁海犹是。据明崇祯《宁海县志》载："正月演剧，敬祖迎神。乡间十二起，城里十四起，至十八日乃止。"戏如人生，戏入人生。人生入戏，演着看着，人们就将自己的语言、自己的生活、自己的腔调渗透到戏里。约在明万历年间，明代四大声腔之一的余姚腔流入宁海，宁海人将之结合民间曲艺、吹唱班，形成一种新的戏曲形式，该戏曲形式因用宁海地区方言念白和演唱，且所唱曲调较余姚腔平缓、委婉，于是被称为"宁海平调"。虽然是地方剧种，但宁海平调绝不平常，历经兴衰，传承至今。2006年，经中华人民共和国国务院批准，宁海平调被列入第一批国家级非物质文化遗产名录。

一

宁海平调流传至今已有三四百年历史，历经辉煌，也历经坎坷。它于清咸丰年间至民国时期达到鼎盛，之后慢慢衰微，新中国成立前后更是奄奄一息。20世纪60年代初，宁海县平调剧团正式成立,人们投入抢救,培养新人,重展平调风采,王万里老师便是从那一时期开始学艺的。1963年,他十五岁,到剧团学艺,一开始学长衫丑角,后改学老旦、武丑,再到老生,学得一身"武艺",学得耍牙绝技。可惜好景不长,"文革"开始后,剧团解散,宁海平调在舞台上消失了,他转攻导演。"文革"结束,1978年9月,宁海县平调剧团恢复,他也调回剧团,参与宁海平调的继承和抢救工作,导演了《王锡桐起义》《逼上梁山》《劈山救母》及粉碎"四人帮"剧《枫叶红了的时候》等。

之后,随着文化市场的多元发展,戏剧事业特别是地方剧种受到冲击,滑坡明显。由于文化遗产保护意识的薄弱,1983年6月,县政府发文确定平调剧团兼演越剧,采取"两块牌子,一套班子"方式运作,宁海平调剧团名存实亡,宁海平调濒临消亡。面对这一地方文化奇葩的黯然失色,很多人为之扼腕惋惜,为之奔走呼吁,王万里老师也是其中之一。1987年,为了弘扬、传承宁海平调艺术,他在白峤岙里开始办第一期培训班,全县招生三十人,属文化馆下的戏训班。第二年在七市办班,第三年移至横坑……为了办班,为了传承平调艺术,他只问耕耘,甚至停薪留职。如今早已退休的他,不改初心,仍热心平调的传承,继续培养戏曲新人。谈起平调,他感慨万千:"时代变了,平调也要创新。但不能变得太多,腔调变了,就不像是地道的老平调了。"

二

唐洁妃,国家一级演员,现任宁海县平调艺术传承中心主任。在其位,谋其政,越剧旦角出身的她,卸下粉墨彩妆,藏起水袖婀娜,惜别忠粉捧赞,甘心隐于幕后,致力于推广平调,扶持剧团新人。她非常敬佩老领导和老艺术家们为保护和传承宁海平调所做的工作。比如:20世纪八九十年代时,原宁海平调研究会会长黄正智,曾经为了保护和抢救平调,通过台湾同胞募捐十万元用于扶持戏训班;很多老艺人总是对平调抱有情怀,想无私分享、传授自己的所有;国家级宁海平调耍牙传承人叶全民老师,经常牺牲晚上休息时间,来教传承班的演员们基本功。她说,她要向他们学习。

在家人的支持下,她一门心思投入事业,想着如何扩大剧团影响,不断地把剧团推到更高的舞台;想着如何提高演员专业水平,一个台阶一个台阶地往上推;想着如何让更多的观众看上平调,爱上平调。"宁海县平调艺术传承中心自2012年挂牌以来,即定性为以传承宁海平调为主,我们的工作也以此为中心。"她说,为了做好传承工作,传承中心多管齐下,想方设法培养传承人:一是做好名师传帮带作用,培养优秀的传承苗子,传承耍牙等舞台绝技;二是招收有潜质的新人,进行批量的、阶段性的全封闭训练,注入更多新鲜血液;三是让更多演员有机会登上舞台,培植、引进、留住更多

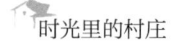

优秀人才;等等。

但传承又谈何容易?"台上三分钟,台下十年功",要学好平调,非下大决心、苦功夫不可。说起演员们的练功之苦,唐洁妃不无心疼。她说,相对早起压腿、下叉、翻腰等常规练功而言,耍牙的练习更是苦不堪言。大家应该在电视或其他媒介看到过耍牙妹薛巧萍的相关报道吧?嘴里要塞进八颗獠牙,还要运转自如,能说会唱,训练之苦非常人能忍:牙床磨烂,口腔溃疡,不能进食……鲜花和掌声背后都是泪水和汗水,不单是练耍牙的演员们如此,其他技艺的传承人也是如此。

比如演员吕娅娜,她不但嗓子条件好、唱功好,而且舞台技艺佳,但其中练功之辛苦也只有她自己知道。为了演好《阴阳河》这一折子戏的挑担动作,吕娅娜必须把脚包成三寸金莲,手不拿担却要保持着平衡,得这样一天练上几百次,练到脚指甲都掉了,才练出了炉火纯青的效果,这种高难度的踩跷绝技在现在戏剧舞台很少见了。

演员不但要勤学苦练,而且要甘于清贫。在台上,他们是众星捧月的明星;在台下,他们却是收入普通的艺人。宁海县平调艺术传承中心是宁海县文化和广电旅游体育局下属的差额拨款事业单位,拨款金额有限,一线演员月工资也就五六千元,买房压力大,职称评聘难,若不是凭着对平调艺术的热爱,谁能甘守清贫,坚守着这一地方戏剧艺术?为了留住更多的好演员,剧团班子成员想方设法改善福利留住人才,通过外出承接一些广受人们喜爱的越剧演出,给大家增加点演出酬劳,虽然也是少得可怜的辛苦费,权当是有偿练功。

培养年轻人,不仅是台前的演员,还有幕后的艺人,比如写平调曲子的成员。老艺人们年龄大了,或身体不好了,再不重视,真要失传。要上一部新剧,如果没有新人后备,后果可能会很严重。曲调的传承也是,老艺人没几个了,这种口口相传的技艺,若不去传承,不去保护,一旦失去,就很难复活了。平调前辈们都很有情怀,都很热心地想把自己的看家本领传给后人。唐洁妃说,他们在排戏时,会在原有的老的曲牌基础上,根据现代人的审美习惯,进行一些音乐方面的调整和改进,使平调更有美感,让更多的人接受,不让老艺人原汁原味的老平调失传。

作为团长,操心的事太多。生存问题摆在眼前,还要想方设法排好戏,排大戏,要尽力花最少的钱排出最好的戏。打造大戏、新戏很费钱,为了节约成本,大多数新戏都以移植改编为主,为的是服装、道具、戏文等可以通用,可以最大限度地降低开销。当然,演员也还是那些演员,这台戏唱越剧,转身便是平调。平调跟越剧的界限不明显,除了曲调外,其他咬白不纯正,这样的方式对演员来说不好,对剧种也不好,难免会受影响,变得不平不越。

因此,为了尽可能地避免这种现象,尽量剥离,尽量错开时间,一段时间内如果演越剧就不另演平调。"如果传承中心能得到更多的经费扶持,我们生存的压力会大大减轻,可以让平越分开,越剧走市场,能生存就生存,不能生存就放弃,因为越剧遍地开花,不缺我们这一个。但宁海平调只有一个,我们将主要精力放在传承和创排平调新戏上,以取地方题材为主,原创更多新戏,弘扬地方文化。如我们这次排演的平调新戏《葛洪》,10月份在宁波逸夫剧院首演后,11月份在温州的浙江省戏剧节上展演,近日在央视电影频道播放,评价都很高。"唐洁妃说。

三

为了搞活宁海平调,宁海县非遗中心主任章亚萍老师也是煞费苦心,千方百计谋经费,想方设法求推广。她说,台前幕后,演员加上工作人员,一个剧团最起码要由四五十个人组成,宁海平调传承中心也好,自负盈亏的民营剧团繁艺剧团也好,作为地方剧种,要运作下来都不容易。形势如此,戏剧需要政府层面的扶持,也需要剧团的努力,一起想方设法让非遗"活"起来,让平调传承下去。

在戏剧被逐渐边缘化的新时代下,戏剧危机是一种普遍现象,地方剧种宁海平调更无法避免这一遭遇。章亚萍主任认为,要搞活非遗,需要从两方面着手:一是通过主体即剧团自身的努力,在剧本题材、演员阵容、灯光舞美、作曲唱腔、服装动作等多种因素上下功夫,使之以最完美、最典型、最独特的面貌呈现在观众眼前,让平调活在舞台上,活在当下人们的生活里；二是去培养客体即观众，使小众艺术变成大众艺术，使外行观众变内行观众，从草根受众扩展到精英人群。活动推广是一种方式。先前在河洪村搞了个平调大赛，虽然形式、伴奏、化妆等方面较自由简单，舞台效果一般，但观众们纷纷点赞，说能在新中国成立七十周年之际搞成这样一个平调大赛已经很了不起了。非遗进校园也是一个很好的培养方式。将宁海平调引进校园，教孩子们唱演，让他们知道宁海有自己的地方剧种，它又是怎样区别于京剧、越剧、昆剧等剧种的。这是一种艺术教育和欣赏，也是一种家乡情怀的教育。我们的主旨不是把每个孩子都培养成平调演员，但至少让他们看得懂平调，爱上平调，成为平调小戏迷。当然，对于孩子们，剧本在题材和方式上不能太死板。平调中心的创意也不错，为了让孩子们喜欢看，将剧本改成动漫，迎合他们的审美习惯。针对不同的受众，我们可以推出不同的题材，让不同层次的人喜欢上它。宁海平调虽然起源于草根，也可以尝试让更多文人精英受众通过接触而喜欢上它。比如以他们喜见的题材演绎经典戏剧，可以学习借鉴昆曲《牡丹亭》的推广经验。不管如何，要让平调走出去，演起来，才能活起来，传下去。

　　章亚萍主任担忧的事也不少，不仅担忧曲牌，吐词也担忧，锣鼓也担忧。她说，因为越剧受欢迎，现在的平调演员中多是越剧演员，且台州、新昌、嵊州等籍贯的约占三分之二，有地方音，会影响宁海平调的地方性。耍牙这门绝活是代代相传下来了，但有些技艺还传承乏人。老平调大锣大鼓大钹小锣（"三大一小"），很多人不喜欢学。平调艺人中锣鼓属柳梅成最正宗，但老人家已八十高寿，得有人传承下去。老人家说，如果有人愿意静下心来学，他可以面对面口口相传全部技艺，但现在还有几个人能静下心来学这门不赚钱又小众的艺术呀！

当然，对于宁海平调，章主任更多的是对其成绩的肯定和自豪。之前获得的第十届中国民间文艺"山花奖"、第六届浙江民间文艺"映山红奖"、两次登上春晚舞台等辉煌成绩且不细谈，最近也是好事不断。宁海平调艺术传承中心新编的平调大戏《葛洪》继 10 月在宁波逸夫剧院首演、11 月在温州的浙江省戏剧节上展演后，最近又在央视电影频道播放，好评不断。11 月 14 日，由国家文化和旅游部艺术司主办、国家京剧院承办的 2019 年全国净行、丑行暨武戏展演第七场——折子戏专场在中国评剧院举行，宁海平调的折子戏《李慧娘·见判》精彩亮相，好评如潮，并将作为 2020 戏曲春晚节目亮相北京，浙江省仅有宁海平调剧团和金华婺剧团两家剧团被选上。繁艺剧团王春莺的耍牙也将登上 2020 年春节联欢晚会东南西北分会场的东部分会场。

2019 年 12 月 24 日

乱弹守护人

夏夜,和小区邻里们纳凉聊天。一聊到戏剧,大家兴致就来了,从京剧《沙家浜》讲到越剧《碧玉簪》,从平调的耍牙讲到乱弹的唱腔,长于戏剧、精于戏剧的老头、老太们讲得头头是道,瞬间个个成了文化人,我则成了小学生。他们感慨现在很少听到乱弹了,于是大家一起怀念起乱弹来,多少落力、多少带劲、多少热闹的乱弹啊!我的关于乱弹的记忆只停留在童年,遥远而模糊。老家白峤村的邻家大哥陈光炎告诉我们,他堂哥曾是白峤乱弹的团长,现在还在搞乱弹。我一下子来了兴致,想要去拜访一下。他欣然同意,驱车带我去了白峤村。这位曾经的白峤剧团团长陈孝渊,清瘦而精神。他热情而细致地向我们讲述起白峤乱弹的始末,以及关于宁海乱弹的相关情况。

乱弹是台州等地的传统戏剧。2006 年,台州乱弹入选第一批国家级非物质文化遗产名录。台州乱弹唱腔十分丰富,是全国少有的多声腔乱弹剧种之一。舞台语言往往结合地方官话，充满民语乡韵，通俗易懂，别具特色。宁海乱弹在台州乱弹的基础上形成，融合了宁海本地的特色，将宁海的民俗乡韵、地方文化、方言俚语渗透其中，逐步改良成了宁海乱弹。新中国成立后一度兴盛，20世纪七八十年代曾在城里乡间广受欢迎，之后逐渐衰落。

一

白峤乱弹始于新中国成立之后。新的中国，需要唱新的歌。1951年，国内就京剧的发展问题出现了论争，有主张全部继承的，有主张全部取消的，毛泽东提出"百花齐放，推陈出新"，主张对待京戏艺术要去其糟粕，取其精华，加以继承，之后提出了"百花齐放，百家争鸣"的方针。百花齐放的艺术春天来临，艺术之花开遍城镇山野。白峤村这样一个历史悠久、人文荟萃的城郊村落自然也不落后，白峤剧团就是在这样的背景下创立的。

白峤村人杰地灵，自古以来多才俊。新中国成立后，陈忠照担任白峤村首任农委会主任。他家四世同堂，同居共爨。他爷爷是个读书人，虽未获取功名，但也饱读诗书，经常给后代子孙们讲戏文、说故事。孙子辈在爷爷的故事中成长，潜移默化，喜欢听戏文，也喜欢讲故事。老大陈忠富在民国时期曾担任上白峤村副保长，没学多少文化，但喜京剧，会乱弹,擅说书,是被台下观众鼓掌叫赞的"老生";老二陈忠岳也是个戏迷,有组织管理能力,其弟外出求学后曾代理农委会主任;老三陈忠照最小,有文化,有眼光,紧跟时代步伐,发展农村文艺。1954年,白峤剧团成立,老大陈忠富负责剧团具体工作,村民们自筹经费,自己当演员。

在那个没有电影、没有电视的年代,戏台是村民们的文化学宫和精神殿堂。戏如人生,看戏识人生,戏里学文化。人们在现实生活中经历着艰辛苦难,不忘在闲暇时享受片刻的精神愉悦,看戏台上生旦净末丑你方唱罢我登场,陪着酣畅淋漓哭一场,开怀大笑乐一回。人人心中有一个戏剧梦,都想成为台上的杨宗保、穆桂英,村里出挑点的都满怀热情地加入了剧团。因为热爱,因为梦想,大家不怕条件艰苦,不怕学艺艰辛。村集体没有多余的资金可以开支,就将属于集体的旺家四石田地划给剧团种植,以济部分开销。为了买戏服、置道具,这些忙时做农活、闲时当演员的村民自告奋勇,上山砍柴种菜,进城卖柴卖菜,将卖来的钱筹集起来置足行头。那时去别村演戏更像是一种文化交流,只管饭管宿,混口饭吃有,想要发财难。即便有点收入也是归集体所有,演员最多也是赚工分,全凭兴趣爱好聚集着、支撑着、坚持着。

建团之初,白峤剧团像县里很多剧团一样主要演唱京剧。但京剧对白峤村民而言是阳春白雪,观众不看好,演员们积极性也不高。1957年,老二陈忠岳担任团长,大胆创新。他根据村民的审美需求,取台州乱弹之长,将京剧改成更接地气、更受欢迎的乱弹。剧团虽未改名,但演的戏已不同。乱弹的角色与其他戏剧差不多,生、旦、净、末、丑都有,配齐演员、唱念做打都要花大功夫。为了做好乱弹戏,陈忠岳特地请了新昌小将的乱弹师傅周钱标来教戏。为了让周师傅安心教戏,村里想方设法将他的户籍从新昌迁至白峤。安居方能乐业,周师傅便携妻带女在白峤安家,并带来儿子周云千敲锣。在大家的共同努力下,白峤乱弹班成长为周边村落出名的乱弹班子,经常被邀请到各村演出。

可是好景不长,转眼寒冬降临,艺术界也是在劫难逃。十年"文革"浩劫,"八亿人民八年八部样板戏",传统戏和艺术家都成了"牛鬼蛇神""封资修"。乱弹是唱不了了,就连戏服道具也保不了了,上头来了命令,要求把戏服戏箱都烧掉。陈忠岳硬是将戏服、戏箱偷偷藏至陈家祠堂,从而使它们幸免于难。

二

"文革"结束后,人们终于挣脱了艺术枷锁的桎梏,艺术的春天又到了,戏剧的春天也来了。可是,四季常轮回,人无再少年,当年带团时陈忠岳风华正茂,此时他感觉已力不从心。兄弟更是不能指望了,老大陈忠富偏爱于给大家说书,老三陈忠照做了一市区医院院长,这个重任只能交给下一代了。陈忠岳的儿子陈孝渊子承父业,接过父辈保留完整的戏服、戏箱，勇敢地承担起了重建大任。他生于1953年，差不多和白峤剧团同龄，从小耳闻目染，对戏剧充满热情，对乱弹更是感情深厚。

1978年正月初一，陈孝渊召集白峤剧团原班人马，敲锣打鼓，在白峤永昌庙戏台上热热闹闹地做起乱弹戏来。村里的男女老少都赶过来不说，水车、雪坡、港头、汪家、岭脚等附近乡亲也闻讯赶来。锣鼓喧天，水袖轻扬，忽而王侯将相忠孝节义，忽而才子佳人儿女情长……首演爆棚，永昌庙都快被挤破了，观众摩肩接踵，难免口角斗嘴，台上热闹，台下跟着热闹，存在严重的安全隐患。陈孝渊担心了一晚上，决定第二天将演出转移至上场园晒谷场，另外搭台。结果第二夜又是人山人海，盛况空前。连演三夜，白峤乱弹轰动全城。没过几天，陈孝渊却因此被城郊公社领导叫去进行严厉的批评，说不经同意，白峤剧团居然敢冒天下之大不韪，做起古装戏……谁知，此后古装戏在各处遍地开花。陈孝渊所带的白峤剧团开了"文革"后宁海乱弹戏重新登台之先。

继周钱标师傅之后，白峤剧团又请了乱弹师父刘品山（祖籍新昌，落户城关）教戏。原班人马渐渐老去，陈孝渊打算给剧团注入新鲜血液，让更多的新面孔登台亮相。1987年，陈孝渊自掏腰包，办起了一个培训班，招了白峤本村和㤭里的二十多个学员。原来剧团大部分是男演员，这次都是女演员，最小的十三岁，最大的十六岁，最后有十六人如期毕业。为了提高演员的技艺，他请平调剧团的刘兴官师傅来教戏，培训半年,调教新人上台。可以说,她们是一批科班出身的新演员。毕业后,新老演员合并,队伍不断壮大,剧团发展至五十四人。

当中陈孝渊个人承担培训班六个月所有的教学费用,支出近万元,其中支付刘兴官每月六百元,童仲耀每月五百元,厨师每月三百元,还有柴火费用等。学员免费学习,饭菜自带。那时万元户很少,花这么大一笔开支搞培训,地方人不理解,都说他傻,他也不争辩。他发动表亲夏维扬来教戏,没报酬。演员们过意不去,就去山上砍些柴来送到老师家。陈孝渊自己不上场演戏,但样样精通。他请来上海京剧二团老生王小鹏教乱弹《关公走麦城》,唱腔自创。演出用的道具一应俱全,都是他一手制作的。他制作的青龙刀仅用于《关公走麦城》,但他不马虎不将就,把大刀设计得别具一格。他说,当时一腔热血,就想尽己之力弘扬乱弹艺术。

一谈起宁海乱弹,陈孝渊如数家珍。他说,当时附近乡村都有剧团,但多唱京剧,如草湖、赵家山、石舌章等村。宁海乱弹主要有两个流派,为紫云乱弹和山坑乱弹,其中紫云乱弹接近绍剧,山坑乱弹更近平调。宁海钱岙、下金、范家和上白峤乱弹同宗,属紫云乱弹;桥下潘、隔水洋、下白峤等属山坑乱弹。单一个白峤村,就有两个乱弹戏班,风格各异。陈孝渊所在的上白峤属紫云乱弹;下白峤则属山坑乱弹,由小生师傅赵佑松教戏,后又请方孝孺后裔、山上方村的"花脸"师傅方永兵教戏。现存的山坑班很少了,桑洲坑口还有山坑班,有点接近平调,有帮腔。乱弹唱词较随意,场次也随意,剧本加入很多自创的部分，曲调主要有三五七、流水、二凡、紧中慢等四调。曲谱无固定，可按词套，故称乱弹，更接近农村审美，更接地气，更受欢迎。白峤乱弹除了在附近乡村演出外，还到象山、奉化、三门、临海等地演出，所到之处，台上铿锵有力，台下人山人海，喝彩声此起彼伏。

三

1989年后，迫于生计和家庭压力，陈孝渊不得不放弃剧团团长职务去上班赚钱，但只要团里一有事，他都会回来积极帮忙。随着社会的发展、艺术的多样化呈现和人们审美观念的改变，各地的乱弹也日渐衰落，要么解散，要么改变路线，不然很难生存下去。没过三两年，白峤乱弹也敌不过时代的洪流，逐渐衰落。戏班转行做了越剧，改名小红花剧团，外出谋生。原先热闹激昂的乱弹戏班演唱渐成稀音，舞台之上，大庭广众之下，少了乱弹的声影。对于宁海乱弹的衰落，宁海非遗中心主任章亚萍曾总结了以下三个原因：一是影视业等丰富的娱乐形式的普及导致各种剧种受冷落，这是戏曲衰落的共同原因，乱弹也不例外；二是乱弹的唱腔和念白用的是宁海方言，地域性强，传播性弱；三是乱弹的内容偏重精忠报国的武戏，爱情剧偏少，不符合当下观众的审美需求。

这些年，陈孝渊一直为乱弹的衰落深感惋惜。偶尔在农村的红白事吹唱中、在道士调中听到乱弹，陈孝渊都会感到亲切、怀念。退休后,有了时间和精力去做他喜欢的事了,久埋在他心中的一腔乱弹热情复燃了。和许多濒危的剧种一样,乱弹已经淡出舞台,淡出人们的视线和记忆,如果不去保护,不去挽救,随着时光的逝去,老一代人的老去,它将变成一个传说。宁海乱弹衰落也许是必然的,但作为一种曾经在宁海舞台上占据过重要地位的地方剧种,传承也是必需的,不指望兴盛如初,但至少不能让它消亡。他下定决心,要尽自己的绵薄之力挽救乱弹。

  白峤村里的那些演员老的老、走的走,戏箱、道具也没了,甚至连剧本都流落他处了。老演员叶定新不无痛心地说:"当年乱弹班演员们花了多少心血啊!多么希望乱弹有重现舞台的机会!"武生叶定新是当年剧团里最年轻的演员,十七岁开始跑龙套,后来逐渐成长为出色的老生。为了增加看点,乱弹借鉴穿插了平调中的耍牙技艺。白峤剧团演员有两人学会了耍牙技艺:一个是赵雪仙,师从第四代平调耍牙传人刘兴官(其父刘增桃是耍牙第三代传人);另一个便是他,自学成才。如今的他已过古稀之年,自己的牙齿都落了,换上了假牙。当年他刻苦练就会耍八颗牙,现在最多也只能含上六颗了。老来重新穿上戏服,妆未成,泪先流,他说:"现在别说登台,就是让我看完一场戏,身体都吃不消了。可是乱弹是我钟爱一生的事业,前后演戏四十年,想忘也忘不了,多么希望年轻人能学起来,继承下去。"

  没有政府扶持,没有人力、物力的投入,凭着一己之力,这个年纪想再重新建团谈何容易。但陈孝渊初心不改，从力所能及的事做起。为了抢救这个濒临灭绝的古老地方剧种，他走出白峤，和像他一样热爱乱弹的社会人士、老一辈艺术家一起努力，呼吁宣传，东奔西走，竭尽所能让乱弹重现在宁海各地舞台上。2013年，宁海县首届乱弹艺术展在潘天寿广场热闹开场，吸引了无数乱弹老戏迷。2014年，下金剧团邀请浙江省一级导演、平调耍牙继承人王万里帮助指导乱弹，陈孝渊一起热心指导。2015年，宁海乱弹被列入宁波市非物质文化遗产名录，基地设在下金剧团。2016年，白峤村永昌庙里举行了白峤古装戏乱弹班成立六十周年庆，多年前的老伙伴们粉墨登场，激昂高歌，唱念做打，一如当年热闹。陈孝渊看着台上演绎着自己编排的戏，看着县里的领导那么重视、亲临现场，很是欣慰。桥下潘萌萌哒剧团努力传承乱弹，请王万里和他去帮忙，他们热心指导，为剧团做导演、写剧本、编排戏、做道具。每周三晚上，萌萌哒剧团在大桥李"外口之家"进行夏日纳凉义演，陈孝渊逢场必到。看着大桥李领导热情地又是送水又是送方便面，观众们饶有兴致地从头看到尾，中途不离场，他感觉又回到了带团出演的从前。他庆幸，不是他一个人在保护传承，还有一群人；不是没有人喜欢乱弹，还有一群人。

当年的剧本流失了，陈孝渊感到痛心。他凭着记忆，将之前带领演过的那些戏一一回顾，重整了二三十部剧本，如《姐妹共夫》《同恶报》《赐黄袍》《双女封皇》《卖花龙图》《三皇府》《闹九江》《朱砂球》《闹九江》《抗金兵》《五虎平西》《佛门点元》《大义灭亲》等。从这些剧本可见，乱弹多帝王将相忠孝戏，少才子佳人爱情剧。当他把一堆手写的剧本一本本展示在我面前时，我震撼了。小学的文化程度，左手又因工伤致残，是什么使这位六十多岁的老人将脑中的记忆一字一句地记录下来？他说，他只想把自己的所有毫无保留地贡献给乱弹爱好者，剧本也好，技艺也好。他希望乱弹能被保护起来，传承下去，不要在他们这一代人手上绝灭，跟着入土。他告诉我，最近他们在设想用乱弹这种具有地方特色的艺术形式把王万里的剧本《方孝孺》进行编排演绎，宣传弘扬宁海的地方名人、天下读书种子方孝孺。

  人类文明是在延续中前进的，每一个人都离不开前人所创造的文化遗产，每一个人都有责任将它传承下去。习总书记说："历史文化是城市的灵魂，要像爱惜自己的生命一样保护好城市历史文化遗产。"历史文化也是农村的"根"与"魂"，是老祖宗留给我们的宝贵遗产，传承历史文化功在当代、利在千秋。正是很多像陈孝渊、王万里这样的老前辈坚守着、传承着，我们的历史文化才能被保护起来，传承下去。乱弹如是，其他非物质文化遗产亦如是。

2019 年 9 月 8 日

红色家书

在宁海革命文物展会场,看到一封署名"贤"的泛黄书信,是抗战英雄朱学勉(原名应端贤)于1937年在陕北公学学习时写给其弟应端豪(1920—1942)的。

他在信中写道:"共产党在你的头脑里是好的呢,还是坏的?关于这问题,希望你能够好好地想一想,因为这在目前也是很重要的问题,是我们青年应该晓得的。""你问我现在在做什么工作,这我很简单地告诉你,我是在做'救亡工作',也便是你想做的积极的发动广泛的宣传工作,组织与训练民众。"正是受到这位从事"救亡工作"的二哥的影响,1939年,应端豪毅然加入新四军,与其兄先后共谱了一腔热血洒战场的青春之歌。

朱学勉(1912—1944),宁海县南门礒头应人。他十七岁到上海,跟着胞兄应野萍(著名画家)学绘画,开始接触进步书籍。抗战爆发后,目睹蒋介石政府的消极抗日,朱学勉认

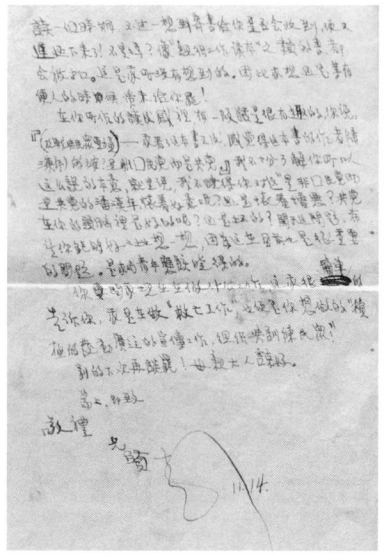

方秀英/摄

识到只有中国共产党才能真正领导抗日,能真正拯救中国,便毅然决定奔赴延安。1937年10月,他进入陕北公学学习,并加入了中国共产党,以"悲秋"为笔名写下了许多进步文学作品,书信也成了他和亲友表明思想的主要途径。

从陕北公学毕业后,他从延安回到浙江各地从事党的秘密工作,"皖南事变"后调任中共诸暨中心县委书记。当时,国民党大肆捕杀共产党人和革命志士,革命形势急剧恶化。在浓重的白色恐怖下,1941年8月,绍属特委决定实行"隐蔽精干"的政策,将党委制改为特派员制,实行单线联系的领导方法。朱学勉任诸暨县特派员,隐姓埋名,在陈家坞开起了一家豆糕店,为党的地下工作提供掩护,"朱学勉"的名字就是那时起的。

1942年5月25日,日军发动浙赣战役,浙赣沿线相继沦陷。朱学勉组织泌湖乡抗日自卫队,在"保卫祖国、保卫家乡"的口号中树起了抗日旗帜。队伍虽然很小,武器很差,却在短短三四个月时间里由一个乡扩展到四个乡。到同年9月,组建为八乡联队,当地群众称之为"三八"部队。同年11月,部队随"三支二大"赴四明山参加第一次反顽自卫战。于12月,被编为第三支队第六中队。

1943年11月中旬,国民党顽军调集重兵对浙东抗日根据地再次发起"清缴",浙东第二次反顽自卫战爆发。同年12月,浙东纵队"三支六中"由四明山开回金(华)萧(山)地区,同时集结了诸暨、义乌等地的地方武装,正式成立新四军浙东游击纵队金萧支队,朱学勉任金萧支队一大队大队长。

1944年5月27日,汪伪军独立第四旅千余人兵分两路,向诸(暨)北根据地进犯。朱学勉奉命占领晓天坞最高峰枯竹尖,鉴于兵力处于劣势,只能以退为进,展开了一场艰难的阻击战。眼看炮火连天,浓烟弥漫,很多埋伏的战士被击中,血肉横飞,惨不忍睹。朱学勉忍着悲痛,沉着应敌,一面传令大家向枯竹尖主峰转移,一面组织一个排的兵力掩护撤退。激战中,他不幸中弹牺牲。战友们化悲痛为力量,奋勇抗争,击退了敌人的四次冲锋,保卫了根据地,从根本上扭转了金萧地区的局势。

朱学勉为人民利益而牺牲，人民永志不忘。1945年7月，金萧支队诸暨办事处将枫桥魏家坞的"忠义中学"改名为"学勉中学"，以此纪念这位献身诸暨的抗战英雄。从戎他乡，魂归故里。故乡宁海同样不忘英勇杀敌的英雄儿女，以他的名字将一条道路命名为"学勉路"。宁海中学便建在此路上，以勉励莘莘学子，继承先烈遗志。

2021年10月18日

母亲的"成语"

母亲生长在农村，没认得几个字。兄弟姐妹有七人，那时能吃饱穿暖就不错了，哪轮得到她一女孩子读书？后来她跟着父亲走南闯北好多年，见了些世面，也没多认几个字。倒是老来学念经，对着经本能认些许字。虽然母亲没能从书籍中汲取文化精华，但并不妨碍母亲的口头语言表达能力，她擅于在说话时带上一两个农谚、成语，像个引经据典、出口成章的文化人。

母亲丰富的语汇多来自生她养她的土地——她的"社会大学"。这些所谓"成语"多是方言，要转换成普通话有一定难度，在成语词典里也不好找，出处更是难究。有些很有生活哲理，不知是经典故事的农村版还是农人自编版，很是值得推敲。可惜我们这代人离方言渐行渐远，我这个土生土长的农村娃都已经听不懂了，更何况下一代子女。

于是，便想记录一些母亲在生活中讲过的"成语"。

竹狗葬鸡

母亲的"成语",带"竹"字的就有三个。那就从"竹狗葬鸡"开始吧!那是母亲说我最多的一句话,也是我最大的一个缺点。你知道关于这个"成语"的故事和意思吗?若不知,且听我说。

我是个丢三落四的人,这毛病似乎是打从娘胎里带来的。小升初时,我兴冲冲地跑着去一市中学报到,下山时才发现忘了带录取通知书。山路十八弯,我便多跑了三十六弯。高考进场前,发现忘带准考证。所幸高中时家搬到城里,家离宁中只有一个操场之隔,来去十分钟,总算没误了高考。大学时,寝室有本日记本,记录室友们的日常,上面出现频率最高的一句话便是"方又丢钥匙了"。大学毕业后没两年,毕业证书和学位证书也不知所终了……

从小到大,这样的事情一箩筐,从丢资格证、身份证等证件到丢各种银行卡、会员卡以及压箱底的银子洋钿、玉器金货,各种卡的密码和各大网站上的各种账号、密码更是忘了又改、改了又忘……丢的多,忘的也多,经历过消失不再的落寞,也不乏失而复得的欣喜。对于我的健忘人生,我曾自我解嘲:"一生的时间,半生是用来寻找的。"

江山易改,本性难移。人生半辈子过去,记忆力更是大减。最近不是丢手机就是丢钥匙,且频率越来越高,三天两头如此。最后是兴师动众,屋里家外到处找,每每这样。母亲一边帮着找,一边就念叨我"竹狗葬鸡"。这话我从小听到大,却未曾深究其意,也没细想用普通话该如何表达,但在那样的语境下,能大概揣度出是"忘事佬"之类的贬义词。车钥匙丢光了,叫开锁师傅。以防再丢,一下子配了两把,花了八百大洋,怪心疼的。因此我就特别在意,想在安全的地方放一把钥匙藏起来备用,结果一藏却再也想不起来,再也找不到了。母亲大有恨铁不成钢之意,一边念着"阿弥陀佛",一边念叨"竹狗葬鸡"。这一次,我突然好奇,掏细根搂曲鳝,问母亲这话到底是什么意思。

一经母亲解释,发现里边居然大有文章。母亲说,竹狗就是狐狸。狐狸嘴馋,总到村里偷鸡吃。鸡太大,狐狸一口气吃不完,就把吃剩的鸡藏在树荫下,方便记取。结果回头时,太阳已西斜,树荫已移走,那竹狗当然没法在原来的地方找到它想要的鸡了。

这不禁令我想到了寓言故事《刻舟求剑》。《刻舟求剑》语出《吕氏春秋·察今》,原文是:"楚人有涉江者,其剑自舟中坠于水,遽契其舟,曰:'是吾剑之所从坠。'舟止,从其所契者入水求之。舟已行矣,而剑不行,求剑若此,不亦惑乎?"将记号刻在移动的船上,最终是帮不了忙,找不到坠入水里的东西的。船在行走水在流,就如"竹狗葬鸡"中的太阳在走日影在随,不变的剑和鸡又岂能找到?

语文的外延和生活的外延相等。虽然母亲的这一"成语"

没"刻舟求剑"家喻户晓,虽然没识几个字的母亲只能简单地将之解释为"东西乱放找不到",虽然我也没考证过竹狗是否就是狐狸,是否自作聪明葬过鸡,其目的是否真是备忘,但"竹狗葬鸡"的寓意确实深刻得耐人寻味,这就够了。

那把藏起来的车钥匙从年前找到年后,结果只在我的梦里出现过。于是,我新年的第一个愿望,就是希望有一天车钥匙会神奇地出现,摘掉母亲给我戴的"竹狗葬鸡"的帽子。

2019年2月28日

竹棍放蛇

在母亲的心目中,大姐是我们家最靠谱的。我嘛,总被嫌弃"竹狗葬鸡",贵重东西她总不放心交给我,但凡有东西找不着了,她总说是我干的。妹妹则是玩心太重,一出门就没根脚,凡事不好交代。这不,年前母亲给妹妹也新贴了个标签叫"竹棍放蛇"。这词你听说过没?我倒是第一次听说。

妹妹排行老三,大名三英。她埋怨父母不上心,不好好给她起名,顺着我的名随手拈来一个数字敷衍一下。我在追韩剧《我叫金三顺》时,看到女主金三顺是因为"出生于碾米店家的三女儿"而得名,便偷偷笑了:这不正和我家老三一样吗?于是我发挥中文专业特长,对我家姐妹的名字进行了分析研究。

生下我姐,年轻的父母当然开心,希望女儿聪明有才智,但也盼子心切，给她起了个名字叫"慧娣"。这名字实在委婉又含深意，其方言称呼与"为弟"谐音。我真是佩服父母的智慧与"狡黠"，他们虽没读多少书，却能将谐音这种修辞活用于生活中。

他们起名煞费苦心，结果却是未遂人愿，老二我还是女娃娃一个，于是便起名叫"秀英"。英，花也，是希望我秀丽如花吧！其实，就像"为弟"不是我爸妈首创一样，"秀英"这名字也太有时代感和地域性了。估计是爱看戏文的父母戏看多了，《碧玉簪》里的李秀英、《王老虎抢亲》里的王秀英、《水浒传》里的白秀英……给我起名毫无创意，却也算是引经据典，土到家又有点文化，我也就不计较了，有时还挺喜欢的。读大学时，有才华横溢的女同学曾以我的姓名为谜底出了个谜语"某家有女初长成"。诗人老师孙武军则在我的毕业留言本上写过这样的诗句："土地上，一个开花的季节！"

到了老三，还是一朵花，父母就随着我名中后一个字叫，附带个随便的小名叫"阿三"，让没有小名的我和姐羡慕了很多年。后来母亲又生了四妹，四妹不再叫"四英"，顺着我第一个字叫"秀萍"。这下连花也不是了，只是水中漂浮的草了。

后来，我被送到山脚的一户没娃的猎人家当女儿，三妹被送给大姑当女儿。我们的户籍从家里迁出，父母盼星星盼月亮盼来了弟弟出世。再后来，父母带着大姐和弟弟去了大西北，四妹则留在外婆家。四妹七岁时，因肚子痛没来得及送城里救治，就夭亡了。

父母总是自家亲。若干年后,我和三妹都回到了自己的家里,母亲说养娃辛苦,长大了再多也不嫌多。只是成家立业后,姐妹们都自顾自了。妹妹嫁得远了点,难得回趟娘家,也是拖儿带女的。她儿子念中学,不是上课就是补课;女儿刚上学;妹夫忙工作;她自己负责两个孩子的接送及全家的衣食起居,典型的二胎妈妈加全职太太。

妹妹是有主意的人,凡事豁得出去,不像我瞻前顾后、患得患失。儿子要读初中时,她忽然说独生子女太孤单,想再生个女儿,我们怎么劝都不听。为了生二胎,她放弃了高薪工作。姐姐们凑一起都说她想女儿想疯了,没苦讨苦,不惑之年还折腾个啥。最终她得偿所愿,生下了齐二小姐。我们说她是作茧自缚,她倒是乐在其中。

刚放寒假时,齐大公子补课还没开始,难得有几天空档期,齐二小姐也放假了,她便拖儿带女回娘家小住几天。于是,她带着儿女、我和母亲、大姐和她的大孙女涵宝一满车子人去河洪长寿村玩。不是故乡,如见故乡,熟悉的农村让我们倍感亲切。孩子们不熟悉农村,充满好奇。吃长寿面,挂红丝线,孩子们玩疯了,我们也乐而忘归。

一回到家,妹妹说抽空送点货给客人,一会儿就回。齐二小姐上学后,妹妹也没闲着,平常搞些美食团购,我们就应承接替了带娃的活。可是日落黄昏还没见她回,害得齐二小姐哭着找妈妈:"我的妈妈去哪儿了呢?"母亲一边哄二宝,一边念叨:"你妈这是竹棍放蛇!"我一旁听着好奇,又开始掏细根搂曲蟺。

母亲解释说,有种捕蛇方法是将比蛇身长些粗些的竹子中间打通,清空每个竹节的阻隔,然后通过各种布局将蛇诱到长竹棍里,等蛇一进去,便用事先准备好的竹筒盖将其封口。竹棍细长,仅够蛇直进直出,想转身也难,在里面没自由,也没有活动的空间。一旦打开这个洞口,蛇被放出,自然是瞬间没了踪影,再想找回就难了。

谁不向往无拘无束的生活?蛇也是。知女莫若母,从某种程度上说,这一"成语"用在妹妹身上还是挺妥帖的。有时,我除了敬佩妹妹的勇气之外,也羡慕她的洒脱,忙里给自己偷个闲。

天气转暖,清洗衣物时,我在棉衣口袋里发现了年前找不到的车钥匙。我曾说过我新年的第一个愿望就是希望有一天车钥匙会神奇地出现,这下如愿了,母亲给我的"竹狗葬鸡"的帽子好歹摘掉了。我的下一个愿望便是给自己来个"竹棍放蛇",浮生偷得几多闲,去想去的地方,看想看的景,找想找的诗和远方。趁着阳光正好、山正绿,花正开、人未老。

2019 年 3 月 23 日

弹糊落竹棍

母亲还说过一个关于竹棍的"成语"——好安稳弗安稳,

尤才彬/摄

弹糊落竹棍。

我家外甥的二宝儿子要开荤了,做阿太的母亲便起早去市场里买了些弹糊。我问母亲为什么用弹糊给宝宝开荤,她说:"弹糊走路时,头经常高高抬着。用弹糊开荤,希望宝贝在学走路时,头能像弹糊那样高高抬起,即便摔倒也不会碰到地上受伤了。"这阿太真是用心良苦啊!

弹糊,也叫弹涂、跳跳鱼等,是名副其实的跳高跳远健将。它依靠强有力的一对前鳍支撑,能跳得很高很远,行动快捷如飞,捕获难度大。母亲告诉我们,渔民想方设法去捕获,想出一种用竹棍捕捉弹糊的方法:将竹棍插到弹糊经常出没的地方,伪装成弹糊洞,弹糊一不小心就掉入竹棍陷阱无法抽身。竹棍可真是好东西,山里人可拿竹棍捕蛇,渔民可拿竹棍捉弹糊。

母亲便借题发挥，说谁谁为了赚钱，谁谁好好的工作不要，谁谁出国最终结果不是生意亏了就是钱赔了、健康没了，然后说这就叫"好安稳弗安稳，弹糊落竹棍"，以这些反面例子来论证老祖宗的一个至理名言——知足常乐。她希望我们能安稳度日，平安健康即是福，别去折腾奔波，没用的，良田千顷也不过一日三餐。外婆当年也这样对她说。

2019 年 5 月 14 日

要撑贵家生

天气一暖，母亲就又开始忙着做各种粉食了，包子、麦饼、饺子之类的，样样都会，有时还会加些艾草、南瓜和红糖。母亲一做粉食，总爱拿粉甑来和粉、揉粉。前几天，她一边揉粉，一边对我说："古老人讲得对，要撑贵家生，难吃贵瓜羹，这粉甑都用了四五十年了。"这"成语"用方言讲起来抑扬顿挫，前后押韵，朗朗上口，但听得我云里雾里，茫然不解，也不知该如何记录下来，便让母亲解释一下。

母亲解释说，这句话的意思是说家里用的东西要买贵的，但不要吃贵的菜。这确实是母亲们的价值观，在她们眼里，赚钱积钱置家业那是正事，吃得差点没事，吃好了反倒是浪费。母亲借题发挥，说多贵多好吃的菜吃了就没了，但好的东西会留下来的。所以用的东西多花点钱也是值得的,吃的东西差不多就好了。比如同样是海鲜,你可以买便宜点的,营养也在那儿;再如买蔬菜不要买早头食,同样是蚕豆,晚几天买,价廉很多,物照样美;还有那些进口水果,价格贵,营养不见得比便宜的苹果好。

我想,现在的我们能接受前半句"要撑贵家生",一分价钱一分货嘛;但不一定会认同"难吃贵瓜虀",民以食为天,现代人对吃越来越讲究,不厌其贵,只求其好。

方言里常称工具为"家生伙",想必"家生"是就其简吧。查阅资料后,发现还确实有"家生"一说。家生即家什,指家具、居室用品、器物等,属吴语方言词。其中不乏书文里的例子,如宋吴自牧《梦粱录·卷一三·诸色杂货》云:"家生动事,

方秀英/摄

如桌、樏、凉床、交椅、兀子。也作'家生'。"《醒世姻缘传》第二四回曰："吃完了酒，收拾了家生，日以为常。"鲁迅《书信集·致母亲》言："日前给他买了一套孩子玩的木匠家生。"

母亲告诉我，这粉甑是父亲年轻时漆的。父亲年轻时在双峰榧坑干过一段时间漆活，榧坑地处深山冷坳，多产竹子与硬木，农人就地取材，制成各种竹器和木器。父亲让当地的箍桶人用上好的硬木做了这粉甑，然后带回家漆。父亲从漆树上割取生漆用作涂料，以增强其防水防腐功能，使其经久耐用。漆干得很慢，那时三五岁的姐姐和我，少不更事，掀去了盖在粉甑上的尼龙纸。正巧父亲干活用的银纸飘到粉甑上，结果粘在粉甑上的银色再也抹不去了。母亲说，当年全村也就我们家有这粉甑，村里那些爱做粉食的女人多想也拥有这样一只粉甑。和着和着，母亲当年的青丝也和上了白发。

母亲年纪大了，人又胖，但在揉粉时，她依然表现出年轻时的活络和强健，一团粉不歇气，一会儿就和好了，非我所能及。每次揉完后，她都会将粉甑洗擦干净收藏好，怕它年久散架，现在要再找个箍桶人也难了。父亲去世后，留下的手作很少，粉甑也便成了念想。

我希望，我们家这件"贵家生"能一直好好地存在着。

2019 年 6 月 5 日

胡陈青麻糍

麻糍是江浙一带节庆必备的传统美食，宁海人逢年过节都有捣麻糍的风俗，且因季节之异而食材不同。清明时节前后，艾草青绿，遍野皆是，人们用刚长出的艾草嫩叶制作出青麻糍，祭祖追思，品青尝新。

胡陈麻糍制作技艺入选第五批宁海县非物质文化遗产名录，且西翁村建有胡陈麻糍文化体验馆。这些天，胡陈麻糍文化体验馆负责人卢学伟开始忙着接待一批批客人，带着他们参观体验青麻糍制作的每一道工序。这道舌尖上的美味如很多美食制作，同样需要用心用时。不包括之前"青"的挑择处理、糯米的提前浸泡等一系列烦琐准备工作，单从糯米入蒸桶飘香到吃上一块暖香的青麻糍，这蒸、捣、擀、切等一系列过程足足需要半天时间。卢学伟带着大家进行一一解说。

他先介绍了艾草的处理过程。首先是费时费力去野外采摘艾草,然后要对艾草进行择选,去除杂草坏叶,再进行清洗,待焯水、煮熟之后晾干,最后洗净、切碎备用。

糯米上甑前,先要进行清洗,然后浸泡十二个小时以上,一般都在头夜泡上。待糯米吸水涨足后淘起沥干,上饭甑开始蒸,等熟后,加艾草。

捣麻糍是个力气活,也是个技术活。先将蒸好的糯米倒进捣臼,然后加上糖或其他配料,用捣石头不断捶捣。纯糯米麻糍捣的时候很是费力,不然米粒多了不好看,也不好吃。一臼麻糍没有三两人手和劳力是完不成的,捣石头很重,拎时重,下时又要准,不然要撞到石臼,捣三五下就大汗淋漓要换人。旁边抟翻米团的助手也得有技术,需要与捣的人配合默契,不然一不小心捣石头就捶到手了。抟麻糍的人不断把青麻糍团往中间抟拢,麻糍团很烫手,抟的人不时要将手浸下冷水再抟,既降温又防米团粘手。

捣好的麻糍团要趁热倒在撒满松花粉的面床上。糯米黏性强,为了防止青麻糍粘在面床上,先要在面床上撒上松花粉。擀面的板大如床,因此叫面床。擀面杖有半人高,需两人合作,一左一右同时发力、发同等力擀,擀的过程中不时加些松花粉防粘,擀成一点五厘米左右厚,再根据需要切成大小方块,即可食用,多的摊凉备藏。

"要吃趁面床",为了能尝一口香甜软糯的青麻糍,宁波喵到良品商贸有限公司的陈仲、周媛媛夫妇特意从宁波赶来,当大家在面床前一边吃一边赞叹胡陈青麻糍的美味时,卢学伟揭开了美食的秘密:"中堡溪的水养育了一代明相叶梦鼎,也滋养着溪两岸的糯稻和青。我们就地取材,以最原始的手工捣制,配上采自中堡溪源头茶山的松花,成就了这道货真价实的美味。"

  大家坐在一起怀念童年时光,在农村长大的他们感慨在城里很少能吃到这么正宗的美食了,现在的孩子们更是很少能看到这样的场面。卢学伟说,这也是他下一步要做的事。他想开发系列亲子课程,让孩子们走进自然,走进农家,了解这道传统美食的制作工艺,体验劳动的乐趣,感受美食的味道,留住乡村的记忆。

2021 年 8 月 20 日

古镇里的地域文化课

11月21日,前童古镇来了一群特殊的大学生,他们是宁海电大的本科学员。我带着他们,在此开展了一场以课带游、以游代课的"地域文化"现场教学课。"地域文化"是宁波开放大学的人气课程,2021年入选教育部课程思政示范课程,成为浙江省四十一个示范课程之一,也是国家开放大学十五门入围课程中唯一一门由城市开放大学建设的课程,宁波开放大学"地域文化"课程教学团队同时入选课程思政教学名师和团队,不久前获评宁波开放大学优秀示范性网络教学团队。我是该团队的一员,积极参与该课的教学资源建设与教改项目。

为方便学习,除了丰富的网上资源,宁海电大还开设了一定的面授课。这次,我尝试开展一场实地教学,将"地域文化"本科阶段的课程中的《宁波建筑文化》和《宁波民俗文化》两章内容搬到前童古镇去上。正如梁思成所说:"中国建筑既是延续了两千余年的一种工程技术,本身已造成一个艺术系统,许多建筑物便是我们文化的表现,艺术的大宗遗产。"前童是国家历史文化名镇,正是适合开展这次教学的好地方。通过现场参观、讲解,学员们看得见、摸得着,能更真切地感受到建筑文化之精美、民俗文化之丰富。前童旅游服务中心和前童镇成人中等文化技术学校对此也非常支持,为学员们提供了景区门票和上课场地,保证了该课的顺利开展。

上午9时,学员们在前童成校集合,认真听我讲解前童古镇的建筑和风俗。我围绕前童的"三民"——民居、民俗、民风,向学员们呈现了一幅历史悠久、人文厚重、建筑优美的前童全景画卷,深入浅出,让学员们对前童的建筑文化和民俗文化有了初步的了解。

转眼到了午饭时间,大家一起去前童老街品尝前童美食。在老街,学员们感受到了那浓浓的烟火气。百姓家炊烟袅袅,豆腐店热气腾腾,老太太边擀麦饼边飞转,黄灿灿的松花饼喷喷香……特别是那著名的前童三宝,不可不尝。坐在街头,我请大家吃地方小吃,一碗热豆浆,各种小吃,肚饱眼还馋。前童美食果然名不虚传。

随后,我当起了"导游",引经据典,向学员们介绍起了前童建筑。一步一景,如在画中行,粉墙黛瓦、卵巷古院、小桥流水……有些同学之前也到过前童古镇,但与之前漫无目的地闲逛比,这次是跟着书本游古镇,看到了很多原来未曾留意到的风景。

特别是在校内上课时讲起的几处典型宅子,群峰簪笏墙头墙上嵌着的青花"五蝠捧寿"瓷盘、职思其居墙上的"小桥流水"、明经堂石花窗上福、禄、寿、喜、财的吉祥图案,还有前童宗祠的设计布局,等等,在此都一一对应上了。

除了建筑文化,民俗文化也是此次教学的另一重要目标,前童民俗博物馆是此次现场教学的另一重要场所。馆内陈列的藏品如五匠工具、厨房用具、祭器、嫁妆、服装及农用耕具等,体现了前童祖先耕读传家的农耕文化特色。博物馆在用石雕、木刻等实物再现传统器具、小吃制作等工艺的同时,也用图文并茂的方式形象地展现了当地迎接生子这一过程的隆重迎礼和十里红妆婚俗的豪华场面。

一楼的生俗礼和二楼的十里红妆婚俗,生动地呈现了前童重要的民俗。从十月怀胎到孩子呱呱坠地、满月够周、牙牙学语,再到长大成人、谈婚论嫁,其间有多少礼俗,就包含了父母多少的期待和心血。结婚生子,人生大事,生活需要仪式感,看似是繁文缛节,却体现了人们对生命的敬畏和期待、对新人的祝福和对美满家庭的祈愿。

十里红妆虽已成为过往,但学员们在前童民俗博物馆感受到了关于十里红妆的美丽记忆。站在精雕细制的千工床前,有学员说想起了儿时在外婆家看到的千工床和在那儿度过的童年,好亲切、好怀念。

此次现场教学活动虽然只有短短一天,但学员们却受益匪浅、印象深刻。以课带游,以游代课,走近身边的名胜古迹,感受身边的地域文化,了解家乡风物之美,这样的"地域文化"课,值得!

2021 年 11 月 24 日

父亲的故乡里

"乡土宁海"工作室收藏了潘公凯先生在宁海的一系列活动照片,发给我,让我谈点看法。老实说,我之前对潘公凯知之甚少,也是因其父亲——一代大师潘天寿而知道他的。我喜欢艺术,但只是个门外汉,看热闹尚可,不敢对大家造次妄评。但他的子承父业与不忘故里,触动了我的某根神经,让我想起一些人、一些事。因为一些渊源,忽感亲切,便好奇地走进他的艺术世界。

继父亲之业

身为一代大师潘天寿的儿子,潘公凯是幸运的。生活在一个飘散着书香墨韵的艺术世家,耳濡目染,少年时代的家庭氛围和精神启蒙对潘公凯的影响是不言而喻的。尽管他一开始志非在此,尽管在十年浩劫被迫下乡,但几经坎坷周折,他最终还是子承父业,走上了父亲的艺术之路,而且越走越远。

漫长的艺术道路上,坚持不懈使潘公凯功成名就。在当今中国美术界,他是个举足轻重的人物,前后担任中国美术学院院长、中央美术学院院长、中国美术家协会副主席等行政职务。但他不止步于此,在学术界,他是美术理论家,带着审慎宏观的学术态度,提出中、西两大艺术体系"互补并存,双向深入"的学术主张。在教育事业上,他是博士生导师,桃李芬芳。在社会公共事业上,他曾是全国人大代表、政协委员,有着一定的社会威望。他还涉猎设计、建筑等多个领域,主持完成上海世博会中国展陈列设计、中国南极维多利亚地科学考察站等一系列重大国家项目,彰显"中国造型"。

父亲是他的艺术渊源。他子承父业,但不是简单的继承。由于潘天寿大师早在"文革"时被迫害而死,父亲于他,更多的是思想上的影响。潘公凯先生说:"我身处于一个传统文化氛围很浓郁的环境中,但同时也是一个在当时思想很前卫的氛围。"

作为艺术大师,潘天寿先生在捍卫传统的同时具有前瞻理念,这在他的《听天阁画谈随笔》中可见:"中国人从事中画,如一意模拟古人,无丝毫推陈出新,足以光宗耀祖者,是一笨子孙。中国人从事西画,如一意模拟西人,无点滴之自己特点为民族增光彩者,是一洋奴隶。两者虽情形不同,而流弊则一。"正如大师所言,在艺术传承上,我们必须遵循古为今用、洋为中用的原则,而不是一味地模仿。

潘公凯先生就是循着父亲这一原则探索前行的。他身上一样有着潘天寿大师的霸气与和气,儒雅敦厚又执着专注,静水流深又气势磅礴。他承继了传统文人画的精妙趣味,又表现了现代艺术的大胆张力。他打破常规,突破传统文人画的精致,带着新的思考去创作水墨荷花。笔墨挥洒间,写意多于写实,物象化为意象,花非花,叶非叶,浓墨重彩中尽显大手笔、大写意、大视野、大格局。无论从主题还是表现形式上,他更多地承继了父辈的创新思想,信马由缰却不失东方意韵。

本土作家浦子曾经问他,在艺术上和父亲是同宗继承还是另起炉灶?他说:"我遵循的是父亲生前极力捍卫的传统,并努力将这个传统往前推进了一步,让传统文人画能够适应当代人的视觉审美和环境空间欣赏要求。"这恰恰是他父亲想要的,艺术需要的不是笨子孙,也不是洋奴隶,而是个性,是独创精神。潘天寿大师曾说:"中西绘画,要拉开距离;个人风格,要有独创性。时代思潮可以有世界性,但表现时代精神的艺术作品,形式风格还是越多样越好。"

艺术之广,不囿于形。他不但在形式风格上尝试转型突破,而且在内容类型上丰富拓广。所谓跨界,其实万变不离其宗,归根到底归为艺术。潘天寿说:"人生须有艺术。然有人生而后有艺术,故最艺术之艺术,亦为人生。"艺术源于生活,他又将生活艺术化。他把生活当作品来创作,把自己当实验品来尝试。他拓宽了艺术的边界,跨界是他艺术的延伸。他是拿生命来创作的。他说:"我始终把自己的作品和其他的事情一样,看成是我生命的痕迹。"

他的人生里,有父亲的笔墨,是积淀,是继承,是发展。子承父业,是对父亲艺术生涯的最大肯定,他无愧于父亲,也无憾于终生。想到这儿,我不免有些惭愧。

我也有一个搞艺术的父亲,他带了一批又一批徒弟走南闯北,奔走于各大寺院雕菩萨。在那个衣食不保的年代,雕刻只是谋生的手段。尽管他的技艺精湛,但他终究没有成名成家。他只有小学文化,人们都叫他方师傅。他做了一辈子的雕刻匠,直到没孩子愿出远门学手艺,直到手雕不动了回故乡。年轻时,他经常满是钦佩地和我提及潘天寿大师,以至于我有一段时间都想考美院当画家。但参加了宁中的美术兴趣小组后,丰满的理想马上被枯燥的几何素描给扼杀了。中文系念了一年,又突然满腔热血地闹着要辍学从艺,去大西北跟父亲学雕刻。我最终还是不够决绝,在周志锋老师的谆谆教导下,继续学业,没能继承父业。

但在我心里,父亲就是艺术家。看着他留下的一大堆蒙上尘埃的书画和未完成的雕刻,我常常心有隐痛。

赴故乡之约

因为父亲,潘公凯身上的故乡情结日渐浓厚,宁海成了他根深蒂固的故乡。身荣不忘旧故里,他的身影不断地出现在宁海,出现在庙堂间、山水间、人们的心间。

2007年,在潘天寿画展开幕式上,记者林备军在采访中问及对他来说宁海意味着什么时,潘公凯说:"虽然我没有在宁海生活过,到现在为止也只来过五六次吧,但我始终觉得,宁海是我的老家。我父亲的童年、少年时光都在宁海度过,他身上有着典型的宁海人性格。从小受父亲的影响,我多多少少也继承了父亲的这种宁海性格。父亲的不少作品反映的是家乡的风物、人情,这使我间接地了解了宁海,也加深了我对宁海的认同。后来,我为了研究父亲的成长经历,曾来宁海专门做过调查,与宁海当地一些人士进行过多次接触,对宁海的了解才更全面了些……"作家浦子是其同乡,曾以冠庄人的亲切而率真地问他是否有家乡概念,他说:"我也是冠庄人,坦白回答你——以前没有,后来有了,很浓……八十年代,时任省领导的宁海籍人氏王家扬带队来宁海参加一个活动,从此有了交往。当然,心里早就有家乡的位置,血浓于水,一接触真实的家乡,那蓄积已久爱家乡的热情,一点即燃,一发不可收,终成烈火。"

去赴故乡约,去见故乡人,去寻找父亲散落在故乡的记忆。父亲不在了,但父亲的精神还在。父亲曾经的家园,便是他精神的故乡。父亲的故乡里,有他的身影,是尊敬,是怀念,是追忆。

我们都像风筝一样,无论走多远,线的另一端永远系在故乡。叶落归根,我的父亲在外漂泊多年,最终也回到故乡,归为尘土。父亲走后,我的故乡情结也越来越浓烈。见不到的故人,在故乡还能感觉到他的存在,纵使我未能衣锦,还乡又何妨?故乡永远不会拒绝任何一个在外漂泊的孩子,父亲永远不会嫌弃自己的孩子。

父亲的故乡里,有我们的身影。于潘公凯如此,于我亦如此。

谨以此文纪念潘天寿(1897年3月14日—1971年9月5日)先生诞辰120周年,同时献给我的父亲和像父亲那样平凡而默默坚守的手艺人!

2017年3月14日

引路人叶柱老师

从小到大,我们总会遇见很多好老师,学习上的、生活上的。叶柱老师是我进入教师生涯后的第一个引路人,也是生活上的良师。

大学毕业,我被分配到宁海四中教书。四中即原来的力洋中学,地处偏僻,从城区坐车要往东盘绕一小时,当时中文本科毕业的人很少,家又在城里的,一听通知分配到力洋就感觉像下放青年一般。人生地不熟,心怀落寞去报到,燥热的夏天,躁动的心。踏进校门,除了蝉噪,不见行人,在梧桐树下站着,心里一片迷惘。这时,一位谦谦老者,手里捧着一个紫砂壶,朝我这边走了过来。我赶紧向他打听语文组在哪儿,他慈眉善目,一脸亲和地说:"就在前面的教学楼,我带你去。"他在前,我在后,他成了我的引路人,也成了我以后工作和生活上的引路人。

我和叶柱老师就这样认识了。那时他已是古稀之年,但由于学校教师紧缺,退休返聘任教。所谓机缘巧合大概就是这样吧!他也是语文老师,和我同在一个语文组,刚好也教高一,同坐一个办公室。他治学严谨,是地道的老学究,一天到晚和我们一起坐在办公室。四年后,我调至电大,就很少回四中了,也很少见到叶老先生了。听说叶老师一直教到八十几岁才告别教学生涯,之后又致力于编撰力洋镇的镇志等工作。"师者,所以传道受业解惑也。"他不仅授业解惑,且以其儒雅之道熏陶育人。短短的四年时光,我在他身上看到了很多闪光的东西,也学到了很多做事做人的道理,这种影响更是深远。我不是他正式的学生,但他却是我多方面值得学习的老师。

古道热肠

叶老师是个很热心的前辈。那时,复印机和电脑没普及,乡下学校条件更是简陋,试卷要用刻板刻了油印,老先生经常自己动手刻字,印好了分享给我们;生涩的古文请教他,一问一个准;我负责的学校文学社刊物《晨晖》,经常会邀请一些校友、专家、领导题字勉励学生,他都热情地推荐、联系相关人员,帮助落实。

他的古文功底很深,善作格律诗。胡疾赴老先生的书法远近闻名。他俩成了完美的诗书组合,叶老师作诗,胡老师写字。力洋中学有很多年轻老师,结婚时都会收到二位老人合作赋写的贺联。那些贺联往往是"嵌头诗",叶老师将新婚老师夫妇的名字嵌于其首,把对新人的祝福也藏于诗中,然后借胡疾赴老先生之手将一片深情诉诸笔端。年轻老师都会为收到这件特殊的结婚礼物感到欣喜,一一收藏悬挂。我结婚时也收到了他们的祝福对联,搬过几次家,很多东西都丢失了,这副对联至今还挂在书房里。二十多年了,胡老先生早已因病离世,叶老师转眼已是九十五岁高龄。时光如飞啊!我家小妞都大学毕业了,也踏上了工作岗位,一如当年的我。

孩子是一个家庭的希望,无论是出生还是求学都是家里的头等大事。娃娃出生了,大家都希望起个好名,很多人都去找叶老师帮忙起名字。他毫不推辞,一一认真对待,根据生辰八字、孩子气质、父母期待等引经据典,一个孩子的名字往往能写满一张纸,写着什么名字、有何含义,以供父母选择。孩子考大学了,填好志愿才不负十年寒窗,很多人也去找叶老师帮忙,他也乐此不疲、尽心尽力。我偶有问题致电请教,他都会以传统的书信方式托人带来详解。在这个书信杳无的年代,他的书信让我感受到了旧时光。

相濡以沫

叶老师曾托人辗转给我送过几本书,印象很深的一本是他和胡老师合作的对联集,另两本则是他和师母合著的剪纸集。我在力洋时曾经去过他家,很喜欢他们家的小桥流水和曲径通幽的住宅"晓庐",也很喜欢他们家的和谐氛围和师母的温婉好客,却不知道师母还有剪纸这一手艺。翻阅《剪纸花样选》《陈氏剪纸》,才知悉师母陈巾英自幼爱习女红,心灵手巧。在艰苦岁月里,为了添补日常家用,她白天忙于农活家务,夜里挑灯剪纸画花。叶老师出创意,她剪花样,梅兰竹菊、鸟兽虫鱼在她的剪刀下活灵活现,生活气息浓厚,又不乏艺术情趣,信手拈来都是画。

老来闲居无事,她又重拾旧好,以剪纸画花自娱,三两年间累计剪纸数百幅。于是,叶老师将她的剪纸作品结集成书,作序写文,恩爱之情洋溢在字里行间。剪纸工艺像很多传统手工艺一样,功力随视力、腕力、体力衰退而不济,为了圆她传承剪纸技艺之梦,他为师母搭建平台,筹建剪纸馆,将剪纸工艺传承给了更多的年轻人和小孩子。

我见过他们相敬如宾的当年,也看到了他们白首偕老的现在。近年来,师母患了阿尔茨海默病,再也无法拿起剪刀了,日常起居还要叶老师照应。为了能时刻在她身边,叶老师不再埋头书房,而是将书搬到楼下,边看书边看着她。她看着我们,只是微微笑着,已经不再认得我们了,但一如当年的温婉好客。好的爱情,是相互成全,是不离不弃,是长相厮守,是闲时与你立黄昏,是灶前笑问粥可温。年轻时,她相夫教子,与他举案齐眉,是叶老师的贤内助。年老后,他不离左右,端茶喂饭,成了师母的左右手。他写对联祝福新人婚姻美满，他们将自己的爱情故事演绎成经典。家和万事兴，他们两鬓苍苍，儿孙兴旺满堂。墙上，他俩长衫旗袍的民国装扮结婚照和子孙满堂的全家福尤其吸人眼球。

文化传承

时光如飞，转眼我也年近半百，渐渐对民间文艺产生了浓厚兴趣，加入了民协。在一次民协会议上，叶老师被请到主席台就座，他依旧精神抖擞，坐成一面旗帜。我才知道他原来是民协的元老，德高望重，还高票获推宁波市第二届民间文艺奖终身奖提名。

暑假去看他，他正忙着校对新书《沥水之阳》，一共八本，厚厚一大堆，分别为《先贤事迹》《古韵千秋》《方言俚语》《岁时节令》《民间传说》《古宅云连》等。他一字一字校对，一遍一遍校对，错漏之处一一做注。我稍加翻阅，里边有他对力洋村历史事件、村庄格局、传统技艺的整理，也有对方言俚谚、岁时节令、民俗风情的整理，还有对开发传统村落旅游资源的诸多建议。叶老师虽然告别了教学生涯，却一直走在文化传承的路上。

桃李天下

叶老师从教前前后后加起来六十余年，教过小学、初中，而后以高中为主，无数学子都受过他的语文熏陶，爱上了语文。他教学生语文之道，也教学生生活之道。他教过的学生遍布天南海北，在各自的领域里优秀着，语文对他们的影响很大，而且很多人的文学造诣也很高，都成名成家了。至于后来因为民间文艺等问题向他请教、拜他为师的更是不计其数，可谓是桃李满天下，各行各业的都有。

"乡土宁海"一行去拜望他，同行的陈亚敏老师当年便是叶老师的得意门生，叶老特别赏识她，老把她的文章当范文印发给学生们欣赏。本来就喜欢语文的她更爱语文了，继他之后，走上了语文教学的道路。她现在已经是宁海中学语文教研组组长，宁波市名教师。曾在四中共事过的李恒迁老师，现负责"乡土宁海"微信公众号，致力于宁海乡土文化的宣传，学习推广叶柱老师的民俗研究，身为物理老师的他硬是修炼成了文化专家。徐培良先生，多年来致力于宁海古村落和古戏台的保护工作，在叶老师面前仍然虚心好学。

在力洋的短短四年高中语文教学，难忘学生们纯朴憨厚的笑脸，也难忘同事们的互帮互助，难忘自己对教学的投入与热爱，更难忘引路人叶柱老师的谆谆教导。

2020 年 9 月 10 日

一市航帮

一市,宁海的南大门,背依巍巍青山状元峰,南伴辽阔碧海三门湾。大自然赐予这片山海之地好山好水,孕育出一代代兼具山海特质的优秀儿女。山海一市,民勤物丰,山珍品佳,海味鲜美,茶叶山笋白枇杷、青蟹蛏子弹涂蚌,不一而足。海洋是孕育生命的摇篮,是交通商贸的水上通渠,是赐予美味的聚宝之盆。拥有海洋,便拥有了取之不尽、用之不竭的财富。一市扼南北水道咽喉,位置优越,为"海上丝绸之路"重要节点。三门湾航帮史上,有着一市航帮的辉煌篇章。

一

唐末至北宋初的半个多世纪,三门湾一跃成为中外贸易、文化交流的主要通道,三门湾一带的民间航帮船队,以白峤、旗门两处为基地,辐射至明州和福州,成了中外交流的使

徐培良 / 摄

者。宋代储国秀《宁海县赋》中"其海则停纳万流,宗长四渎。控直港于稽鄞,引大洋于温福。出乌崎,通鸭绿,睇日本,睇阳谷……一日再潮,阳往阴复。千艘万艘,东奔西逐"的"出乌崎,通鸭绿,睇日本,睇阳谷",即泛指象山港与三门湾。早在宋代,宁海三门湾的对外贸易已处于鼎盛时期,储国秀的描述即呈现了三门湾航运热闹的景象,犹如一幅宁海版《清明上河图》。

据载,一市港、旗门港、白峤港是三门湾最早开发的海港,也是海上丝绸之路的重要港口,在民间对外交流上扮演了重要角色。从前帆船去高丽、日本等地都是候风,每年七月份左右起航顺风漂流前往,次年三四月份顺风返回。石材石板、民间陶瓷等重要的海上贸易物品是通过这里的航船运输的。中日佛教交流方面,日本僧人也是从三门湾上岸去往天台国清寺的。倭寇最早也是在三门湾登岸,东岙流传至今的美食"糅"传说就是当年百姓们为戚继光抗倭军队准备的食物。

据《日中文化交流史》等记载,自公元985年至1116年的一百三十余年间,中日间通商的宋人有陈仁爽、徐仁满、郑仁德、周文德、周文裔、周良史等航船领队。特别是东岙的周氏航帮,其航运壮举已载入史册,体现了一市人民的冒险精神、探索精神和大无畏的气魄,为"海上丝绸之路"谱下华丽篇章。南宋嘉定年间,三门湾的旗门东岙周氏分迁南北数支,远航日本的航帮解体,三门湾的中日航运交通历史至此落下帷幕。但三门湾航帮做出的历史性贡献,却永远载入中日双方的史册。

至明代,富庶便利的三门湾成了倭寇侵扰的重点地区。清初,又是张煌言、郑成功反清复明的斗争要地,三门湾战乱不断,民不聊生,人们纷纷迁移。明清两朝的"禁海令"更是加速了内迁。沧海桑田、水道堵塞,加速了近海码头的衰败。但一市人还是以渔业、航运为生,当地留有多处昔日的海船停泊处。新中国成立后,一市的航运与捕捞相结合,后期更注重航运,如东岙村的渔业大队。

二

三门湾的航帮史上,东岙周氏航帮是浓墨重彩的篇章,为中日两国的政治、经济、文化交流做出了重大贡献。东岙位于宁海乃至宁波海岸线之最南端,离一市五六千米,有"出宁海南门第一村"的称号。隋唐就有梁、狄、娄、费、周、陈等姓居于此,宋后有王、褚、林等姓迁居,遂成大村。据《东洲双门陈氏宗谱》载,唐武德三年(620),陈二耆自海游镇(今属三门县)迁东洲,至今有一千四百多年的历史。东岙古称沙栋,后因"水中沙涨为洲"句改称东洲。据传,明洪武年间朱元璋巡视三门湾,入旗门港,闻此地名"东洲",便说"山间平地应为岙",于是改称东岙,一直沿用至今。建于北宋海上丝绸之路的航帮古码头等遗迹向后人昭示着东岙曾经的繁华,凝聚了渔耕文化、儒商文化及海丝文化。

  东岙村前的旗门港(古称岐门)是三门湾地区史上最早与日本通航的码头之一,是海上丝绸之路的发源埠。北宋年间,周、郑、陈等家族航帮置大船、兴海运,往来于日本、朝鲜,盛极一时。五代十国至北宋期间定居于东岙的周氏家族,是当年活跃在三门湾、往返于中日两国之间的民间航帮的杰出代表。其中,周氏家族的周文裔、周文德和周良史为航帮的总舵,终年向海外经营货物,以茶叶、丝绸和各种生活用品为主,种类丰富,是浙东海上丝绸之路上一支不可忽视的力量,这些周氏子弟事迹在中日两国的往来史上有据可查。北宋天圣六年(1028)九月,周良史跟随父亲周文裔去日本,途中不幸遭遇海难。周良史奋勇解救了三四位日本僧人,自己却因体力不支而葬身大海,成了中日两国人民心中的海上英雄、中日两国文化交流的大使,却无缘与遗腹子周弁见上一面。梁启超在论及"地理与文明之关系"时曾论航海之人:"彼航海者,其所求固在利也,然求之之始,却不可不先置利害于度外,以性命财产为孤注,冒万险而一掷之。故久于海上者,能使其精神日以勇猛,日以高尚。"周良史的行动即是明证。叶梦鼎在《双登堂周氏宗谱》的《周良史公赞》中这样描述周良史:"淡然者心,蔼然者色。仁慈性成,忠厚天植。善厥文词,翛然自得。扶人之危,济人之急。胡天不培,寿乃独啬?厥公堪怀,厥配堪式。乡党称扬,闺门仪则。噫,庆遗泽于嗣孙,永继美以昭令德。"

不仅东岙,箬岙的发达也离不开航帮大船。箬岙村和东岙村都属中国传统村落,位于一市镇东南方向两三千米处。据载,村中褚姓是初唐大书法家褚遂良的后代,明洪武年间自邻村牛台迁入。几代人艰苦创业,垦地造田,承继"遂良文史"之风,形成以耕读渔樵传家的文化村落。箬岙村依山面海,旧有"潮汐千年朝古庙,溪山九曲抱深村"之谓。

箬岙海洋资源丰富,水陆交通便利,祖辈擅长经营,诸业发达,生活富足。据说,古代箬岙人有田庄多处、店铺和钱庄多间,有几百条商船于南北海上运输。清嘉庆前后,村庄所有大船可从礁头排到渡头,可见船只之多、航运之盛。

三

滚滚历史长河,如大浪淘沙,送走了多少岁月。交通渠道的改变使得一市航帮辉煌不再,但总有一些东西留存下来,散落在山陬海隅之间,记录着历史沧桑。昨日已成历史,记忆犹可复活。那些海上丝绸之路上的文化遗存,犹如留存在沙滩上的贝壳,诉说着历史长河上的过往。

如妈祖文化,是海洋文化宗教信仰的体现,一市官塘周护龙宫有天后娘娘殿,有村民说箬岙镇宁神祠原来也是祭拜妈祖的,一市清泉寺中的娘娘大殿供奉天后娘娘。妈祖亦称"天妃""天后",是传说中掌管海上航运的女神人们信奉妈祖,祈祷出航平安。

在东岙村之南村旁,岸边有一庵叫离怖庵(取佛教"南无离怖畏如来"中"离怖"为庵名),意为神佛保佑出海之人能远离恐怖、平平安安。以其谐音,又称离埠庵、蜊婆庵、离婆庵。此埠是东岙东溪与海潮的汇合处,泊船历史较长,靠小海的、出洋捕捞的、出海经商的船只都停泊在此。出洋捕捞的还要在埠头草坦上进行隆重的祭海仪式,保佑出海平安,鱼蟹归满舱,而后帆船才能在鞭炮声中放心驶离埠头。东岙通公路前,生活物资大多通过船只运入此埠,再到店里销售。跳头粮站建成之前,缴公粮、卖余粮以及农副产品也从此埠运到外面。直到20世纪70年代初,旗门塘围垦,埠头的功能才消失。

西刘村西、东岙观海桥南,有两根高约两米的佛号柱,村民说在柱顶放上风灯就有航标灯塔的功能。

2023 年 9 月 25 日

王石岙"八一大台风"

5612号台风Wanda（温黛）被老人们称作"八一大台风"，因为它发生在8月1日。这场台风作为当时新中国成立以来登陆我国风力最强、造成人员伤亡最多的台风，被载入史册。1956年8月1日晚22时，台风在象山县南庄登陆，登陆时中心气压923 hPa，风速65 m/s，海水冲破海塘，瞬间将那里的5000多人淹没。宁海县重灾村之一的王石岙（时属薛岙乡）有42人在这场台风中遇难。

王石岙是宁海强蛟的一个海边山村，村庄呈畚斗状，在长山岗北麓山湾，顺斜坡毗连而建，分上岙和下岙。下岙地势低，祖先迁来早，大概在唐天祐年间迁入，建在离海近的低平处；上岙为宋淳祐年间先人迁至繁衍，建在下岙之后，沿着斜坡后山延伸而上，地势高。长山岗多黄石，村民多姓王，村庄又处山岙之间，故称王石岙。

在"八一大台风"中,王石岙有 163 户人家、42 人不幸罹难,其中 4 户在台风中绝户。台风中海塘倒塌,良田尽毁,2700 石田地有 2500 石被冲毁,62 间房屋倒塌,牲畜、粮食、农具等损失不计其数,受灾损失惨重。王石岙村两位亲历过这场台风的老人王祖仁、王仁锦向我讲述了那段遥远却又深刻的台风记忆。

老书记王祖仁家地处村庄高处,当年水也漫过他家三级楼梯台阶。他家住的房子已经很旧了,墙上还贴着毛主席画像,很有年代感。经历这场台风时他才 23 岁,刚担任书记一年。如今他已 89 岁高龄,党龄也有 68 年了。他说,全强蛟镇同批入党的就只剩他和另一位长他一岁的老人了。

他说,生长在海边的村里人根本不会想到那会是一场超强台风。因为 8 月 1 日(农历六月廿五)是小水潮,根据以往经验,即便刮台风,推测应该是滩都不会到,所以大家并不把这次台风当一回事。尽管政府一再强调要做好防台工作,《浙江日报》等媒介头版发布通知强台风将在宁波一带登陆的消息,县里乡里的领导也来驻村防台,可人们还是在赶着农活,早稻已收割了,征购任务也完成了,之前是苦于旱灾无法耕种,当时大家都忙着种晚青。一切都像平常一样有条不紊地进行着,谁想到这场台风犹如梦魇一般,一夜之间,桑田成沧海,田园尽毁,颗粒无收。

那时他因身体不好没出门,待在办公室里。半夜只听"轰"的一声,不好,倒塘了!水瞬间涨起来、漫上来,楼梯也浮起来了。他们便撬掉地板把人一个个拉到二楼,不然也早不在人世了。台风过后,村民们经历了丧亲、失所、破财之痛,擦干泪,投入灾后的重建。县里乡里的领导都驻社指挥,落实救援物资,重建家园。为了帮助大家尽快改善生活,社里新造了五只新船,造一只下海一只,让社员们轮流拖蛎壳搞创收,在那时的收入算不错的了。吃了倒塘之苦,大家齐心聚力出工出力抢修塘堤。人扛肩挑,苦战三年,将冲毁的后井头塘岸、城下塘岸、前海塘岸、菜苏塘岸、无眼麂塘岸、中央塘岸、东塘岸等一一修复。

老人家看上去挺精神。他说,年纪大了,很多事也记不清了,腿脚不太灵便了,不听使唤了,可能过不了今年了。同去的王仁锦老人却宽慰:"大难不死,我们一定能长命百岁。"他也爽朗地笑了。

王仁锦老人也70岁了,台风那年他才5岁,依稀也有些关于这场台风的记忆。在他的记忆中,瓢泼大雨倾泻如注,狂风夹杂着雨水呼啸,飞沙走石,瓦片哗哗地飞起掉落,像有人在扔一样,听着都害怕,想躲到床底下去。风太大,他父亲不让大家上楼,怕屋顶的东西掉下来敲到或压伤人。大人们都以为是小水潮,水满不到哪里去,一楼相对更安全。他家道地处在村子第三排,结果半夜忽然发大水,水离一楼地板也就一人头高,他父亲站在八仙桌上将他顶着,而后邻居撬掉地板把他拉到楼上才幸免于难。后排屋有一个小女孩就没那么幸运了,因为是奶奶带的,没能来得及转移逃离。他母亲当时正怀着他弟弟,在慌乱中抓住了屋柱头的长洋钉才幸免于难,因为有水的浮力,人悬着不是很累,坚持到大家把她救上二楼。他大伯母和亲叔都在灾难中不幸去世了,亲叔结婚不久,刚和婶子一起回娘家峡山,婶子留在娘家,他一个人回来了,结果没能逃过此劫难。

水退后,满目皆是疮痍,人们的心都凉了。那些死难者遗体一开始都堆放在一起没心处理,走的走了,活着的衣食住行都还没着落,等回过神来,才一一领回安葬。他还记得,当时他奶奶带着他去领救援物资,那些物资全部在空地上放着,有衣服,也有食物,如雪中送炭,帮村里人解了燃眉之急。

1966年后,书没得读了,那时他10多岁就开始帮村里做事,到现在还在为村里的事情忙碌着,乐此不疲。我见到他时,他正忙着指挥将无法修复的老旧房子铲平,以免破椽腐木掉落砸伤人。他特别关注村里的历史,多次让村里的老人回忆那些在台风中死难的人,但最终确定名单只有34人,时间太长了,很多人都记不起来了,他将他们一一记下。遇难的主要是前面两排四个庭院的,因为地势低,首当其冲,来不及逃躲。头排西首新兴店道地13户人家淹死11人,其中3家人绝户;东首前新屋道地10户人家淹死13人,其中3人是外村亲眷;第二排东首道地6户人家淹死3人,西首8户人家淹死4人。他带着我走到一处荒草丛生之地,说就是这一带道地,海塘冲垮后,洪水长驱直入,以迅雷不及掩耳之势席卷而来,那些低处的人根本无回旋余地,大水瞬间将他们淹没。现在这四周都已盖起了高楼。

王仁锦老人说,当时社会物资匮乏,防台基础设施落后,人们也缺乏科学知识,凭经验判断,没想到台风踪迹变化莫测。村里人都认为是小水潮,没把它当一回事。如果像现在这样,台风预报更准确,信息更畅通,防台更到位,人人以确保生命安全为重,不论台风是否真的会来,都早做转移,就不会有这么大的生命和财产损失了。

相较之下,1974年8月19日(农历七月初二)第13号台风登陆,风不如1956年的大,但正值大水潮,台风与天文大潮叠加,象山港最高潮位达4.35米,高于1956年"八一大台风"时的最高潮位,塘也倒了,但因为提前做好了村民的撤退和转移工作,牲畜也是,结果连只鸡都没在台风中损失。为了更好地守住村民的生命、财产安全,几经修复的门前塘加高加固,标准海塘挡住了大大小小的台风,也为村民筑起了一道安全生命线。

人类总是以智慧和坚韧面对灾难。大自然中总是存在着各种不可抗力,在类似"八一大台风"的浩劫面前,人类的力量相较之下过于渺小。我们无法以"人定胜天"的自信去迎接每一场台风,但只要我们掌握了必要的防控知识,思想上高度重视,行动上积极防范,还是可以在最大限度上减少生命和财产的损失。如今,王石岙村已有470户人家,共1220人,依旧是面朝大海,但有了一道道生命防线,大家安居乐业,生活幸福。(讲述人:王祖仁 王仁锦)

2022年8月1日

第三辑　乡食・寻味

故乡的美食

我的故乡，在高山之上，云蒸雾绕间。少小离家，老大不常归，关于故乡的记忆多与小时候有关，特别是儿时的美食。

靠山吃山，故乡不产海鲜，只产庄稼。山里孩子的早餐没有牛奶、面包和白煮蛋，有的是自家种的番薯、芋艿和南瓜。大锅煮一锅，孩子围一桌，早餐吃剩的再捣烂了喂猪。锅上蒸一饭盒白米饭，那是干体力活的父辈们的专享。为什么孩子们没的白米饭吃呢？村谣如是说："山上方，好地方，粮食支援各地方，自己喝点白粥汤。"

最经典的午餐是土豆咸菜汤配麦糕"套餐"。麦糕从当年小麦初上吃到来年小麦将上，土豆从小土豆吃到大土豆再吃到土豆抽芽，咸菜也是从初腌时的绿色吃到成熟时的黄色再吃到发臭的黑色。没有比较就没有伤害，那时觉得咸菜汤过麦糕怎么就那么好吃，哪像现在的小孩有肯德基、麦当劳套餐可选。村人们经常说："咸菜饭，吃不厌。"关于米与粉，

第三辑 乡食·寻味

童相兵／摄

村里人的观念是"硬来硬到底,麦来不吃米",吃粉食也吃出了气势,凛然有正气。

故乡多地,种的是花生、蚕豆、番薯、芋芳、芝麻、生姜、土豆和薯头之类吃的,还有白术、玉竹和茶叶之类卖的。大人看好做下饭菜的,孩子们看好可以做零食的。腌薯头、薯头,腌山笋、山笋,炒土豆、土豆……我纳闷,这些孩子们吃到腻烦的菜为什么大人们总吃不厌呢?父亲每次外出做手艺时,外婆都给他带上好多腌货,说父亲喜欢,直到行李满满沉沉的装不下。为了给孩子们解馋,勤劳的母亲们偶尔也会变着花样做些好吃的,如以番薯为原料做番薯糕,用麦粉加松花粉做麦饼松,用芝麻、花生做芝麻糖、花生糖……孩子们的口袋里塞满自产的"零食",才不稀罕小店里卖的饼干、糖果，那可是得掏钱买的，谁有闲钱去买零食呀！吃不到葡萄说葡萄酸。

其实孩子们也没有吃过葡萄，不知道葡萄到底是酸还是甜。故乡没有多少水果可以吃，没走出过大山的我们，对水果的概念很受局限。村里人家门口有一两棵梨树、枣树、桃树和梅树什么的，那便成了我们眼里的"宝贝"了。眼巴巴地看着它们从无到有、由青变黄变红，放学前后总是有意无意地往树下绕过。嫂子、婶子或阿婆看到，高兴时可能会分给一二。没得吃，多看几眼也解馋。望梅能止渴，我们小小年纪就经历、领悟了。

好郁闷，那么多山为什么不种水果？尽种白术、玉竹和茶叶这些我们孩子吃不得的东西。杨梅树倒是有些，但属生产队的。每年杨梅红熟时，各家会分到一些，谁家都有三五个娃，一人吃上几个就没了，刚吃出点酸味来却又没的甜了。有些嘴馋胆大的孩子，贪心不足，三五成群，走很远的山路去生产的杨梅山捡漏，结果不是被毛毛虫蜇了就是从树上摔下来了，皮肉之苦受了不少，杨梅倒没"偷"着几个。其中便有我和表姐，深受其苦却又贼心不死，屡败屡战。山上的那些山楂、山茄、乌珠和乌饭等野果子成熟的时候，我和表姐更是天天往山里跑，吃到舌头黑了才回家，吃到肚子痛了回不了家，真是"上山摘山茄（地稔），肚痛吆老爷（菩萨）"。书包上也染满了，"吃"黑了。所谓书包是母亲们用碎布头拼凑缝制的小布袋，太薄，衣上、身上也到处染了黑。

水果的匮乏成了我们山里孩子永远的痛。村里有了电视机后,我们能隔着屏幕闻到香蕉、苹果的香味,口水随着甜的酸的滋味想象哗哗流下。后来,我家搬到城里,街上满是各种各样的水果,见得多吃得也多了。在水果丰富的城市生活里,我偶尔会怀念故乡儿时那段水果匮乏的日子和那些为水果奋斗的小伙伴,那些我吃厌了的腌菜偶尔也会想念,只是很少再回去了。

有一年,表姐给我送来一箱枇杷,说这叫白枇杷,比一般的枇杷好吃。枇杷我已吃过不少,不管长得白的黄的,味道都差不多,总是酸酸甜甜的。但一咬这白枇杷,我就说不出话来了。太好吃了!它不但很好看,果大圆润,色浅皮薄如翼,而且很好吃,多肉多汁水,好吃到词穷,拿"甜而不腻、入口即化"来形容它都觉得远远不够。那位深爱荔枝的杨贵妃,当年因贪吃而入诗:"一骑红尘妃子笑,无人知是荔枝来。"她若尝了这白枇杷,估计都不要吃那甜腻的荔枝了。

后来白枇杷越种越多,家家有,山山有,我们就直接开车去果园,尽情采摘尽兴吃。那光景让我忽然感觉回到了儿时,那时摘得可怜,吃得婉约;现在摘得狂野,吃得豪迈。唯爱与美食不可辜负,吃到撑不下,还满载一车归来。

叶落归根,父亲去世后,送他回到故乡,安葬在高高的山上。有父亲在的故乡,又多了我们的身影。久违的故乡,又成了我们常去的地方。小马路变成了大马路,旧村换了新颜。风力发电场不但给村庄带来了效益,也带来了人气。寂静的山村变得热闹了，游客来自四面八方，他们上望府楼看大风车、金盏菊，去灵泉寺看古井清幽，去村庄住民宿看云海。他们记住了高高的山上有个村庄，村名叫"山上方"，那里的人都姓方。

现在的故乡，不但有茶叶飘香，还有果树飘香。村里的舅妈、阿嫂和阿婶们变老了，看见我们的时候，她们总会热情地端出满满一盆时令水果。不同时节有不同呈现，杨梅、橘子、樱桃、桑葚、白枇杷……

故乡的美食总是令人难忘，水果丰富的故乡更加令人向往。现在的孩子们是幸福的，现在的我们也是幸福的。

2020 年 8 月 17 日

第一次做水饺

> 我在做点心的时候,总是很快乐。我希望能把我的真心通过食物,传达给吃到食物的人,让他永远快乐。
>
> ——《大长今》

我向来讨厌厨房的油烟味,每次进厨房都如临大敌,害怕油盐沾手、刀铲伤手。君子动口不动手,厨房于我而言只是个烧饭的地方,我一直习惯地享受着母亲为我做的一日三餐。年复一年,母亲头上的白发越来越多,手上的动作越来越慢,桌上的菜越来越咸。我终于意识到母亲老了,要退居二线了。民以食为天,厨房这个重要阵地看样子得有人接替。纵有万般不情愿,我必须接受这一历史重任。年过不惑,是该走进厨房,慢慢接近烟火气了。要上得了厅堂,也要下得了厨房,才配得上这个年纪。

女儿上大学后,周末就是自己的了,可以将大把的时间挥霍在厨房里。一次突然心血来潮,想做些水饺储存起来,改善一周的早餐。可书生向来四体不勤,五谷不分。哪里的肉好,哪个部位的肉适合做水饺,一窍不通,所以还得拉着母亲一起去买。母亲说:"你同学家的猪肉好,就是太远了,超市旁的那家猪肉也不错。"于是就近买了肉、水饺皮、芹菜和葱。

实践后才知道,做水饺真是个不小的工程。虽然肉是机器绞好的,省了不少心,但切菜还是很费工夫。菜要切得很细小才好包,可我的刀工太弱,只能反反复复、不厌其烦地剁。厨房真是磨性子的地方,菜末切了多少,时光就流走多少。换了以前,我会认为那都是在浪费时间,可现在不这么想了,不做无聊之事,何以遣有涯之生?不妨在下厨中寻找乐趣。恍惚间如女侠剁敌,手起刀落,刀光剑影,落花流水,回眸处,一大片芹菜馅、白菜馅剁就,满满的成就感。

菜馅切得我手已酸,葱馅让我更受伤。葱绿绿的很养眼,但切起来却很辣眼。没两刀下去,眼睛就开始辣起来了,有一股气直往眼睛冲上来,逼得我眼泪都流了出来。刚才的豪情英气顿时被葱挫败,一边切葱一边不停地擦着眼泪,像受了委屈忍气吞声的小媳妇。现在我才知道,以前吃的葱肉水饺里的葱都是母亲呛出眼泪剁的,可我却不知道做食物的人的艰辛,只知道饭来张口,偶尔还要嫌淡嫌咸。想到这儿,心里一酸,眼泪更多了。

各种馅切好,水饺包起来。木手木脚的书生不但动作慢,而且手法拙,那么一大堆饺子皮得包到何时!叫妈妈不应,她是真的彻底放手了,连个顾问也不当,跑邻居家串门去了。没帮手,没办法,只能自己硬着头皮一个一个包。做了一上午,腰酸背痛,总算完成了做饺子工程。

饺子煮熟时母亲回来,尝一个便称赞说饺子好吃、我能干,都会自己做水饺了,还呼朋唤友,把边上的婆婶姨姐都叫来尝鲜。老实说,就凭我那手艺,把水饺包得下锅后能皮肉不分离、能让她们认出来是水饺就不错了,莫论模样,莫谈味道。可母亲却非说我包的水饺好。

看着母亲开心的样子,我百感交集,眼泪又哗啦啦地流了下来。若父亲尚在人世,他说不定也会夸我几句。

2016 年 11 月 24 日

热气腾腾的冬至圆

每年冬至前,朋友都会问我老家的糯米粉是否有卖了。就像北方很多地方冬至要吃饺子一样,宁海每逢冬至都要吃冬至圆。圆即汤圆,有咸甜之分。吃了冬至圆,便是给这一年画上了一个圆满的句号,年龄自然也要长一岁。

一

老家山上方村,在高山之上,云雾绕其间,特有的地理位置和气候使得家乡的稻谷品质特别好。我们是哼着"山上方,好地方,粮食支援各地方,自己喝点白粥汤"的村谣长大的。山上方的糯米比市场上卖的粒大饱满,特别香糯,特别畅销。现在大家都不差钱,只希望能找到上好的食材为家人做放心的美食。于是母亲和我就经常帮村人带货,帮朋友买米。冬至未至,村里的糯米粉已所剩无几,最后总凑不到几斤。

记住美食,就记住了乡愁,冬至圆是我对老家美食的最忆。每年冬至,母亲都会赶早准备食材,为家人做两锅冬至圆,一锅咸的炒圆,一锅甜的思豆沙圆。思豆沙圆是方言音译,我没细究这字该怎么写,更偏爱写成"思豆沙圆"。因为这更能把"此物最相思"的原材料红豆的意蕴表达出来,那香香糯糯的味道能让人惦记上一年。但又想就其形状应该是"细豆沙圆",可农人哪有闲情想那么多,多情应笑文人。

冬至一早,自家种的黄豆粉磨起来,红豆沙焙起来,再炒点花生、白芝麻,用面杖一擀,香味便无法阻挡地从家家户户飘出来,弥漫在整个村庄的上空,飘到高高的学堂上,钻进破旧的窗里,勾走读书娃的魂儿。中午放学铃还没打,一个个箭也似的飞蹿回家,迫不及待,狼吞虎咽。在那个温饱问题还没解决的年代里,冬至圆就是孩子们的肯德基、麦当劳、必胜客。那天,妈妈们也出奇地慷慨大方,全没了平日里的小家子气,大着嗓门对年长的孩子说几岁就吃几个圆,对年少的娃说爱吃几个吃几个。读书娃们便放开肚子毫不客气地放肆大吃起来,吃它个四脚朝天,吃它个日落西山。没出过山、进过城的我们,感觉天底下没有比思豆沙圆更好吃的东西了。多年以后,我在很多甜品店吃糖不甩之类的甜品时,感觉论个论味确实都要被我们村里的思豆沙圆甩出好几条街。

我天生是个吃货。年少时,和同龄人一样长得精瘦,食量却大如牛,被村里妈妈们说是"捞槽猪,不生肉"。到十四五岁时,还能按年龄数着个吃。高中后进了城,母亲随父亲外出做手艺谋生，就很少吃到她做的思豆沙圆了。直到父亲年老体弱做不动了、走不动了，母亲牵着他的手回家，一家人又能聚在一起吃母亲做的汤圆了。

二

时光太匆匆，转眼我们这一代也年近半百，孩子们也早过了论个吃汤圆的年龄，工作的工作，求学的求学，离家越来越远，冬至日又很难聚到一起吃汤圆了。爱吃汤圆的父亲走得匆忙，刚刚还好像坐在轮椅上和我们一起吃着热腾腾的思豆沙圆，转眼已是阴阳两隔，独留忧伤。冬至上坟时，弟弟清理荒草，添些新土，敬上三碗汤圆，热气腾腾的。"三碗坟头，不如一碗心头"，那种"子欲养而亲不待"的悲痛，是那样的刻骨铭心。

年少时常纳闷：为什么每次节日，妈妈们总是忙忙碌碌地做着各种面食？也常嫌弃妈妈干吗那么折腾，做面食排场太大太麻烦，不如炒菜方便。母亲年纪大了，我也一如当年的她，开始在她的指导下动手学做面食，才明白面食是最有温度、最有故事、最有情怀的美食。妈妈们就是这样将爱和温暖揉进面粉里，让孩子们一辈子记住妈妈的味道，而冬至圆的意味更是深长。冬至大如年，冬至过后增一岁。冬至圆里寄托着妈妈们最朴实的祝福，希望孩子们好好吃饭，健康快乐地成长，也希望家人们能在一起，岁岁又年年。爱不就是在一起，吃很多很多餐饭吗？但愿人长久，百年共餐前。冬至圆里蕴含着家人间的合作、分享和祝福。冬至吃的不是汤圆,是仪式,是思念,是圆满;是家人的团圆,是父母的温度,是姊妹的欢笑,是儿女的满足;是对故乡的怀念,是对童年的回忆,是对流年的感伤,是对故人的哀思。

有一年冬至前,一位素不相识、身在江苏宿迁的宁海人不知怎的辗转找到我,要我帮忙买十斤家乡糯米粉、五斤豆粉。为了赶在冬至日到货,寄了偏贵的顺丰快递,快递费就花了五十六元,我都心疼那快递费了,虽然是到付的。我心想,这是一个怎样的大家族,她又是一个怎样孝顺的女儿。东西如期而至,她也做好了汤圆,还发了买家秀。她说公司的员工很喜欢,那时我才知道原来她是为员工准备的,颇有点感动。对员工如家人般的呵护,把最好的故乡美食分享给员工,小小汤圆浓浓情意,这样有心有情的管理者,员工有什么理由不爱她呢?

三

冬至大如年,待到冬至日,记得为爱下厨,做一两锅热气腾腾的冬至圆,一家人团团圆圆、热热乎乎过个节。别拿时间当托词,技术也不是问题。做好冬至圆,和粉是第一步。父亲年轻时漆的粉甑就是件艺术品,母亲四十多年来不离不弃。和着和着,母亲当年的青丝已花白如粉洒落。母亲用温水和粉,水要一点一点慢慢倒,凭着手感使比例达到最佳,不像西点几克几克按比例来。但是母亲一再强调水不能倒快倒多，一旦呛水，加再多的粉也和不出不粘手的好面团。

搓圆。通过不断地揉捏，达到一定的韧糯，便可以把面团搓成若干长条，然后每一长条按想要的个头再摘成一小段一小段面剂子。做甜圆的搓圆就行。红豆汤煮熟后直接下锅，省心的红豆汤圆马上出锅。也有不放红豆，在汤圆里加点芝麻馅的。如果要吃思豆沙圆，先得解决豆粉问题。懒妈们可以考虑去市场里买现成的，放点好的红糖，拿清水里煮熟的汤圆放豆粉一滚，便滚出香喷喷的思豆沙圆。

如果是做咸的炒圆，面剂子要先搓圆后再压扁，个儿小点更易熟。圆子一个个压扁后排列起来，要有空隙，免得粘住。然后热油下锅，两面煎黄铲出，火不能大，不然会焦了。现在一般放电烤铛里煎，不容易焦。煎过的汤圆已半熟，香香的等着下锅。量多的圆，煎好也别堆在一起，太糯了易粘，粘成一团就不好炒了。炒圆，一般用猪油炒，因为猪油更香，肉也少不了。料理当然越多越好，当季的冬笋也是必需的。最好能用上没浸水的落刀蛎，不然总觉得不够鲜美。加上农家自制的番薯面浸软炒入，会增多对故乡的一份思念和牵挂。当然，再多的料理，还得以最平凡的青菜为主。自家种的菜更绿，经霜后的小乌菜有点甜，绿油油的，让人更有食欲。集万千宠爱于一锅的炒圆就是这样做成的。

2016 年 12 月 19 日

从长街蛏说起

> 不管是否情愿,生活总在催促我们迈步向前。人们整装、启程、跋涉,停在哪里,哪里就会燃起灶火。从个体生命的迁徙,到食材的交流运输;从烹调方法的演变,到人生命运的流转。人和食物的匆匆脚步,从来不曾停歇。
>
> ——《舌尖上的中国2》

清明节回老家祭祖,山高路不平,不小心崴了脚,只能回家躺床上静养,被《舌尖上的中国2》的满屏美食诱惑,更被其煽情的解说词感动:"家,生命开始的地方,人的一生都在回家的路上。在同一屋檐下,他们生火、做饭,用食物凝聚家庭,慰藉家人。平淡无奇的锅碗瓢盆里,盛满了中国式的人生,更折射出中国式伦理。人们成长、相爱、别离、团聚。家常美味,也是人生百味。"看着满屏的美食,口水都要流出来了。当下正是蛏子肥美时,长街蛏子又成了餐桌的主角、网络的主题。

说起蛏子,不免想起与蛏子相关的一些事、一些人。

多年前应闺密之约,赶过长街蛏子节的热闹,看过蛏子的很多种吃法。后来也带着父母一家人去过,回来钻研了一番,还特意买了个铁板盆实践了几次。长街蛏子肥美,怎么烧都好吃。

盐焗是一种。铁锅上铺一层厚厚的盐,然后将一个个割过的蛏子紧密排列,一排排挤到不能再挤。美得就像是艺术品,简直舍不得吃了!什么叫美食,美食都长得美!焗熟的蛏子既香又鲜,真是不同寻常!

铁板烧是一种。锅中放油,将割过的蛏子两边煎得黄黄的,再加酒水烧熟,加点葱、姜、蒜和辣椒之类调料,出锅别提多香了!有一种美叫肥美,长街蛏子特有料,多肉,吃着踏实,都说美食治愈人,它便是!

还可以是倒插蛏的小清新。农人多就地取材,山上新砍的竹子制成筒当器皿,整齐地插入一个个蛏子,放点姜、蒜和酒,也可放点雪菜汁,隔水蒸熟。山海之精华相融,竹香蛏鲜,原汁原味,随手取来,一个个鲜得人眉毛都要掉下来了。不着味精,尽得鲜美,舌尖西施,吃过不忘。

我爱吃海鲜,可能也和童年时村里海鲜的匮乏有关。我生在山村,长在山村。那时山村没有通车,走出大山便要靠双脚翻山越岭。靠山吃山,食物也都是自给自足。最经典的早餐是番薯蒸芋头,中餐是麦糕麦饼过洋芋羹,晚餐是饭过咸菜冬瓜花菇柱。偶尔谁家的猪宰了,便能买些肉来吃。最珍贵的是海货了,因为山高路远,很少有海鲜进山,即便有,到了山上也不怎么鲜了。尽管如此,偶尔有鱼贩挑担进村卖鱼,村民们便如获至宝。鱼贩卖的多是带鱼和青占鱼,尽管不怎么新鲜,特别是后者吃了容易过敏,但它肉多价廉,大人们都会买上一些,小孩们也爱吃,毕竟是海鲜呀!童年美食不易忘,这使得我即便长大后不愁海鲜吃,仍然会对青占鱼有一种执着的偏爱。

儿时的记忆中,最好吃的鱼是弹糊,只有在外婆家才偶尔能吃上如此奢侈的海鲜。外婆是我心目中的小资女人,年轻时跟着吃工作饭的外公在城里生活过,穿着得体,头发天然卷,空时会在躺椅上听收音机唱着各种越剧,我拿着她的《越剧戏考》在边上跟着哼,她嫌弃我的嗓音就像她那破泥火踏敲起来一样难听。她懂生活,也精于调算,菜园里四时种不同的经济作物,叫外公去城里卖了挑些海鲜回来,那可比鱼贩的鲜活。活跳跳的弹糊买回来,倒入热腾腾的柴火热锅,和自制的番薯面一起翻滚烹制。一出锅,香气四溢,一大家的人围坐着吃,没一会儿弹糊没了,面也没了,碗底朝天了,大家便又盼着外公再去城里卖东西买弹糊回来。多年以后,父亲有一次说起以前的弹糊番薯面真好吃,我们便去市场上买弹糊来做给他吃,他说现在的弹糊怎么就不鲜不嫩不香了呢?是啊,我们也吃不出外婆家的那种味道了。

我最爱吃蚌、蚶、蛏和海蛳等贝壳类海鲜,尤爱蛏子。小时候没见过海,走得最远的也不过是家乡的后门山——望府楼,站在高高的山上,望着山下的县城、乡镇和海,无限遐想。偶尔有嫁到海边的姑婆舅婆回来,都会给娘家人带一些好带而不易坏的贝壳类海鲜,那便是对娘家人最美的馈赠。因了这些亲戚,知道了小伙伴平常说谁得意时用的比喻句"鲜得像蚌汤一样"是到底有多鲜,大伙吃了蚌肉连壳都不舍得扔,壳纹太美,和上海糖纸一样成了儿时的藏品。再有,口袋里兜着一袋海蛳,看到谁家的门板缝或教室的桌板缝,不失时机地掏出海蛳,将壳尖塞进缝里,小手一转,"啪"的一声断了尾,就着一吮,再头上一吸,将吸的声音放大,肉就进了肚子。就这样在大庭广众下一颗接着一颗地吃,赤裸裸地显摆。

蛏子吃起来就比较低调。蛏子看似泥巴裹身,但好蛏也是"出淤泥而不染",放盐水里一养,便养干净了。关于洗蛏,我的小舅妈还闹过笑话。小舅妈与小舅在火车上相遇,小舅虽是农村的小伙,因成分不好没上过中学,却帅气逼人,像戏台上的赵子龙;小舅妈是兰州人,典型的城里人,细皮嫩肉,有大专文化。如小说中一见钟情的故事,不顾地域和文化层次的差异,小舅妈硬是跟了小舅这个手艺人,跟小舅回宁海,为爱洗手做羹汤,纤纤玉手洗蛏子,洗了好久都没洗好,后来才发现她把蛏子的肠胃都洗干净了。

长大后,我更喜蛏子的鲜、壮、香。现在市场好蛏不多,有些生意人生意都做成精了,卖前做些手脚,水胀蛏图了好利润,却失了好口味,能买到正宗的长街蛏是吃货们难得的荣幸。快到知天命之年,我越来越图省心,不再去琢磨铁板蛏什么的新奇烧法,口味上也渐趋清淡,偏爱直接放汤简便一烧尝鲜。没割过的蛏子在汤中张开双壳,像蝴蝶一样展翅欲飞,所谓"蝴蝶蛏"。

如今,曾给我们带来无数美食记忆的长辈们一个接一个地走了,年老的外婆外公走了,英俊善良的小舅走了,慈爱仁厚的父亲也走了。阴阳两隔,无法再和他们坐在一起吃饭了,只有在清明时节去坟前祭拜供飨,添抔新土,点一炷清香,洒三杯黄酒,备一席熟悉的家常美味。

对他们的怀念,留在记忆中,留在美食里。

2019年4月8日

端午漫话

一

端午前夕,朋友告诉我她父亲走了。上周和她散步,她说世界上最好吃的粽子是她父亲包的,她可能再也吃不到了。那时,她父亲已住在重症病房,昏迷不醒。我安慰她也许会有奇迹发生,可奇迹最终还是没发生。她再也吃不到记忆中最好吃的粽子了。

我不禁也想起了我父亲。在我老家,包粽子一般是女人的活,可父亲不但会包,而且比女人们包得还秀气、可爱,尖尖的,小小的,名字也很有文艺范,叫"笔架粽"。村里人觉得稀罕,赞叹他那双会雕花的手就是巧。父亲走后,母亲每逢节日包粽子时,总会念叨父亲包的粽好看,教我包上几个,可我怎么也没学会。失望之余,她转而去教外孙女。

二

端午前,大街小巷都是卖菖蒲叶、艾蒿叶的,不贵,两三元一把。但农村长大的老人们一边修剪,一边不免会感慨一下,这草都卖出黄金价了。以前在农村这些东西随处可见,端午日去野外割点菖蒲叶和艾蒿叶。菖艾叶做成剑状,门板上一挂,邪恶不进。我没在家时,热心的邻里们便连我家的门也一并挂上了。

雄黄酒多在午时上场,大人喝上一口,然后将含在嘴里的雄黄酒"噗噗噗"喷洒在房子的角角落落,也喷在孩子的发肤上。再用手指蘸点雄黄,在门上画出一个"王"字,也在孩子的额头上抹一个"王"字。最后大人会象征性地抿上一口,也会让小孩抿一小口或用筷子蘸点舔一下,如行一场虔诚的仪式。大家都深信雄黄酒能辟邪驱虫,那《白蛇传》里有着千年道行的白蛇娘娘喝了雄黄酒都能显现原形,虫蟑蚊蝇岂能跑过!

三

除了粽香、酒香、草香,香囊更香。端午已夏,虫蚊初长,香能辟邪驱虫。以前在老家,每过端午,孩子们都会向新媳妇讨香袋。村里的新媳妇会事先用开司米线钩好一大串五颜六色的香袋，在里面放上樟脑丸，端午那天，等着左邻右舍的小孩排着长长的队伍来讨要。新媳妇元宵节要会做甜糕（新媳妇家"十四夜"讨甜糕），端午节要会女红，既要炫手艺，又能混个脸熟，不像现在，村人相见不相识。老人们则喜欢用棕叶加以编织，棕叶里放上樟脑，外面绕上绣花线，挂在拔步床前，直到夏末蚊帐收起。

这一习俗现在不太流行了，会钩香袋的人也不多了。即便做，也追求简单。有一年端午节，不擅女红的闺密送我五个颜色不同的香袋，是她从网上买的现成的袋子，再去医院配点中药放入其中，说有驱蚊、提神功效。正值院子里的绣球花盛开，我便很有仪式感地将它们剪来摆上桌，一起赏花，闻香，吃粽。阳台上原来蚊子嗡嗡叫，这下果真安静下来了。

四

陈明纲老师上课忘了带老花镜，说画画就没个准了，便分享了他的新作，很是应景，粽子、艾草和菖蒲都上图了，还多了一样宁海特有的物产——白枇杷。端午前后，宁海白枇杷正甜，也成了端午的标配。

有一朋友跑半小时车程，赶在端午十二点到山间取山泉水数桶，拎回给家里的长辈们洗浴，说端午午时水是"极阳水"，驱邪、祈福最佳。我第一次听说，查验后发现果真有这一说。"端"为"正"，"午"为"中"，"端午"便是"正中"，古人认为此时正值万物最鼎盛状态,乃大吉大利之天象。不管是否科学,其孝心可鉴。

端午,一个需要郑重对待的节日。去姐姐家聚餐,她孙女涵宝的穿戴都是网上淘来的,香袋、五色线洋气中不乏传统,很有仪式感。姐姐说,这些东西自己都做不来,但必须给他们装扮起来。重要的日子,大家都非常郑重,非常珍惜。这样,孩子们也应该记住端午了吧!

2022 年 6 月 3 日

只此"青"绿

阳春三月,万物生长。"春风又绿江南岸",正是踏青好时节,我们相约来到越溪乡信干山村。信干山村与王干山村相邻,既可登山抒怀,看莺飞草长、百花齐放,又可远眺山下沧海桑田,令人心旷神怡。"你看,这儿好大一片青!"同行的戴余金老师指着路边一种绿色的植物说。农村里长大的我自然也认得这种被宁海人称为"青"的植物,那是清明时节家家必备的食材。

俗话说"春吃芽、夏吃叶、秋吃果、冬吃根",所谓"人以天地之气生,四时之法成",时令菜无疑是滋养人的最好食材。特别是春天,山野里的青青嫩芽能使人食之神清气爽、精神倍增。此时,山野、塘岸里的"青"又青绿,忙完农活的人们提着篮子四处寻找,把这春天馈赠的一野鲜绿挑回家,以备清明时节捣麻糍用。

这让我想起了在农村度过的童年。春天里一放学,我就和村里的小伙伴一起提着竹篮去草子(紫云英)地里挑"青",不是有多爱劳动,而是可以在草子地里打滚、摔跤、撒欢。劳动也长知识,小小年纪的我们都知道青是青、艾是艾,由着性子挑选自己喜欢的青。青种类很多,什么细花青、地青、糯米青和鲫鱼头,等等,现在都忘得差不多了,当时却能眼睛雪亮地辨别出来。现在大家好像都统称"青"为艾草,我也跟着叫,但总觉得没"青"叫得妥帖、形象、自然。

喜欢挑"青"的另一个原因是想着那一口香喷喷的青麻糍。小时候物资匮乏,没得吃饱穿暖,清明节的蛋脯和青麻糍是孩子们惦记着的美食。麻糍是江浙一带习俗节庆必备的传统美食,宁海人逢年过节都有捣麻糍的风俗,且因季节之异用料不同。清明时节,艾草青绿,遍野皆是,人们用刚长出的艾草嫩叶制作出青麻糍,祭祖追思,品青尝新。

行至一农家,看到院子里晒了一箩箩煮好的"青"。挑青不易,择青更麻烦,因为挑来的青里边有杂草、坏叶,得一根根挑选,将不好的择去,工程浩大。处理好之后放大锅里焯水、煮熟,然后进行晾干,最后洗净、切碎备用,保存时间若需长,还得速冻起来,以备经年之用。若不是从小经历,看着这一箩箩"青"都不怎么起眼,却明白正是因为它们才成就了青麻糍的美味。主人不在家,我多看了两眼,像是对这来之不易的食物致敬。

在信干山上兜了一圈,感受了它那春天的气息。路边燃起的灰烟给一旁的古树古井略带上了仙气,也为村庄增添了

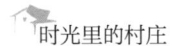

烟火气。忽然感觉肚子饿了,一行人便去村里的农家乐吃饭。农家乐未正式营业,但小院开阔,阳光满庭。因是提前约好的,主人王长国热情地准备了满满一桌菜招待我们。菜多就地取材,有信干山上的特产芋艿、土豆、番薯和时蔬,土生土长,原汁原味;也有信干山下群英塘里捞的各种海鲜,鱼鲜蛏肥,最原始的烹饪,最鲜美的味道。主人很有心,还特意为我们准备了青麻糍。

所谓"要吃趁面床",春天这一口鲜香青绿,最美味的当然是现做现吃,趁鲜趁热。可现在要吃到"面床"上的青麻糍也不容易。以前农村青壮劳力多,捣麻糍时左邻右舍、叔伯兄弟欢聚一堂,闹热得很,大家你一下我一下便轻松完成。捣麻糍是个力气活,也是个技术活,一臼麻糍没有三两人手和劳力是完不成的。现在人们多去城里务工了,农村会捣麻糍的没几个,没劳力的想吃上麻糍只得雇人来完成,经常会多捣些速冻起来备食。城里人吃不上,想吃时去市场上买,但经常买不到口味称心的青麻糍。这多因偷工减料,艾草或糯米选用不够正宗,手捣的时长不够,甚至是机器加工。

青麻糍,春天的这一口"青"绿,我们在信干山尝到了。不负美食,不枉此行,关于童年的时光,关于乡村的记忆,我们在这儿又重新找回了。

2022年3月22日

番薯烧里有春秋

秋冬之际上信干山，天高云淡，神清气爽。信干山是越溪乡的一个山村，和王干山相邻。但一谈到看"沧海桑田"，大家都会对号王干山。其实站在信干山上，一样能看到山下美丽的风景。

院子里，谁家的鸡肥了，艳阳下矫健地踱步觅食。玉兰花光着枝丫，失了春的颜色。红豆杉倒是硕果累累，差点要把绿枝给淹没了。秋收冬藏，该收的都收获得差不多了，农忙也终于告一段落了，勤劳的人们也不闲着。经过一户人家，老人家正忙着破柴爿。现在农村基本上都用上煤气灶了，柴爿在过年过节大排场办汤水时还使用。我们便好奇地上去问这柴爿干吗用，老人指着堂前的一口口大缸告诉我们，柴爿是准备烧酒用的。用番薯烧制白酒，俗称"番薯烧"。当问及番薯烧的制作方法时，老人热情细致地进行了讲解。

"曲乃酒之骨"，作为酿酒的重要环节，制曲一直处于重要的地位。本地番薯烧多用白药,白药由早稻米碾粉加辣蓼汁水做成。辣蓼是古代酒酿的必需配方,以前山野随处可见。夏末秋初,辣蓼成熟,正是制作白药的最佳时节。如今野生辣蓼越来越少,纯手工制作的白药也逐渐淡出人们的视线。老一辈人更喜欢手工白药酿造的酒的醇香,也会自己种一些辣蓼。将析出的辣蓼汁水与磨好的新早稻米粉按比例调配好,搓成一个个面球,排放在一个个竹匾上,加盖一层薄薄的稻草,放于温度适宜的室内,避光避风,静置两晚,等面球表层长出一丝丝白毛(菌丝)后,将其移至室外通风收水,晾晒干透。要用的时候,将适量的白药浸泡至软即可。以前多是捣碎用的,后来发现浸起来更方便。白药制作的每一环节都很讲究,靠经验把握,不然,制作出来的白药质量会大打折扣。

番薯烧的主要原料是番薯,还有糯米、芦(类似高粱)等配料。番薯洗净切碎,放入锅内煮熟,捞出摊凉。糯米浸一晚蒸熟放凉,芦也一样。将凉后的番薯粮食放入白药和酒酿搅拌均匀,放入大小不一的缸中,等其发酵起来,一般要两三天时间。冷却后,缸的口子再密封,置于阴凉处让其自然发酵,发酵时间长短不一,或三两个月或四五个月。日期到,开缸检查发酵质量。如原料成粉黄色说明可以制酒了,就等烧酒师傅排班上门烧制。从备料到烧成,前后时间跨度约半年。一般十月入大缸,酝酿四五个月,清明前后烧好入酒埕。

老人的儿子王振华和儿媳都在城里工作,平时不常回家,周末过节回家来,也帮忙干点农活。为了能看个究竟,我们和王振华约好,让他做酒时别忘了叫我们。转眼春末,应约又上信干山,一睹烧酒现场。

看着之前的劳动成果在烧酒师傅的加工下,变成汩汩细流,飘出阵阵酒香,王老爹喜笑颜开,一脸成就感。老人家说,他从小跟在大人边上,看着大人喝酒,很是馋牢,没少偷酒。那时他父亲做的是老酒,趁大人不在时,他捡根竹棍插到酒埕里喝,有时贪吃,晕乎乎地差点没摔到畚箕里。如今孙子都如他当年偷酒时那般大了,听说这事,大家都笑成一片。

现在大家日子都好过了,各种各样的酒都唾手可得,但是很多人还是怀念自家烧酒的味道。即便有些原料,如番薯和辣蓼都已减产,他们或买或种,想方设法都要自己酿制,就图那份真、那份醇、那份香。一酿就是三两大缸,堂前屋后,农村里不愁没地方放。烧好的酒放在阴凉处保存,经过时间的酝酿,放三五年拿出来喝更是醇香。农家烧酒基本是自给自足,备家人享用,也馈赠亲朋好友。有时拗不过熟人要买,偶尔也卖个几埕,就当是自己少喝两口,为来年做酒多存点成本。

烧酒师傅常常忙得不亦乐乎,要烧酒的农家很多,天天不得闲,计划排得满满的。东家烧了西户等,南村烧好上北庄,技术好的师傅更是受欢迎。经过半年干晒的柴爿,一放到灶里就熊熊燃烧,红红的灶火照亮师傅黝黑而沧桑的脸庞,清冽如泉的烧酒一滴滴地从容器里蒸馏出来,从一开始的七十度慢慢淡下来,最终浓淡中和到五十三度,才算是符合了烧酒师傅的标准。站在酒缸边上,不是喝酒人,但闻酒飘香,闻着都醉了。

从秋冬到春末,看到了烧酒的全过程,听到了老人们的讲述,知道了看似平淡如水的番薯烧却蕴藏着如此烦冗的工序。民以食为天,自然赐予人类以美物,留待人们去发现,去创造,用智慧和技艺加上时间的酝酿,终成人间美味,没齿难忘,千载传承。我们感慨于祖先和农人的勤劳与智慧,从辣蓼的发现、白药的制作到烧酒技术的承继和发展,将这美食记忆永留人间。

再看眼前的番薯烧,更觉酒里有春秋,有日月,有真情。

(讲述人:王国珍)

2022年9月1日

农家"十二大碗"

在信干山村文化礼堂,遇到老人张公中,他和我们说起当年信干山的"十二大碗",如数家珍。他从年轻时开始做厨师,如今虽然年过七十,但依旧精神得很,偶尔还受邀去三门等地做厨艺指导。原来只听说过许家山"十二大碗",也不知道这里边有这么多讲究。

老人说,以前宁海民间每逢婚丧嫁娶或乔迁新居等家族大事,都会置办酒席,请村人亲友吃"十二大碗",共贺喜事大事。"十二大碗"多就地取材,家禽、粮食、山珍和海鲜等多自给自足,又讲究排场,有一定的仪式感。"十二大碗"菜式因时随地多有变化,各村各家有所不同,但不变的是待客之道。以前难得能吃到大餐,用又大又深的碗盛满,让大家尽可放开肚皮来吃。不像现在的酒席,摆盘精美,但菜量很少。

"十二大碗",首先是一碗红烧肉。肥瘦相间的大肉一块一块切起来,以前白蘸不上桌,都用红烧的。肉要两碗,另一碗是炒精肉丝。鱼胶，以前都是自己准备的，现在这样的鱼胶起码也要两三百元一斤了。鱼有四碗，一碗是鲻鱼。以前不用黄鱼，鲻鱼用刀划成一段段先仰着蒸，上桌时倒扣起来。还有清炖泽鱼，一根一根排好，放上豆瓣酱蒸，以前豆瓣酱也是自己做的，香得很。望潮，炒起来吃，以前望潮是真的多，抓来都很大，清炒也是鲜香无比。鲫鱼，以前河里很多，大大小小都有，自己去抓的，潭水放干就有得抓，不像鲻鱼，需去箬屿、白芨买，往往要先订好。

小炒必不可少，将香干、千腐、包菜和黄花等切丝，加油肉小炒。这碗虽不比鱼肉精贵，却是顶主要的一碗，要用大碗，盛满一点让大家吃饱。现在的酒席上也还用这碗，北路叫大菜，前童叫小炒。三鲜，含小肉圆、黑木耳、鱼胶和蛋等，小肉圆手工剁制，不加豆腐等其他材料，放在碗里蒸熟（大肉圆婚嫁时用，现在三门一带还在用，放油里炸过再烧）。包子，以前也自己做，桌上一人一个。（老早拜堂席上还有糯米圆，以前没白糖，加红糖。）一碗青菜烫鱼胶，向来受欢迎。另外，还有花生结、芋头、箬笋、带鱼、豆腐、倒扣羊肉和鸡肉等，因时因地稍有灵变，凑足"十二大碗"。

老人说，以前农村还有"四盆八"，他没做过，但吃过。村里地主家老娘去世，出丧时办"四盆八"，宴请全村。具体是哪些菜，他也想不大起来了。不管是"十二大碗"还是"四盆八"，对人对己，都是一种仪式，做给别人看，求得自己欣慰。

在老人的讲述中，出现词频最高的是"以前"，不由得让我想起木心的《从前慢》。他说，以前的菜讲实惠，现在讲花头，要品相；以前要吃饱、吃光，现在追求好吃；以前担心吃不饱，现在怕吃饱了撑的，铺张浪费；以前用八仙桌，一桌有时还空一角，怕太挤了，留着上菜，多一桌主家不在乎，也多不了几个钱，不像现在一桌十人，多来一人多占一个位置钱；以前青蟹抓来不舍得吃，卖了换米，不像现在想吃吃个够……他感慨时代发展快，社会变化大，苦难的日子里哪会想到有这么好的现在。以前村庄到处是猪牛粪满地，现在水泥地煞清爽；以前老人无能，日子不好过，现在老人有保障，吃吃嬉嬉，衣食无忧。太多的"以前"里有他的忆苦思甜，吃过"以前"的苦，更觉今天日子的甜。当然，他也不免怀念过去的味道。他说，以前真可怜没得吃，现在吃好了，看到番薯却也馋牢了。因为以前信干山番薯最多，远近乡村有名，一日三餐，两餐半有番薯，可以说是吃着番薯长大的。可是不知道怎么的，现在番薯种不出来了，要吃也要下山去买，吃起来也找不到以前的味道了。

　　随着时代的变迁，农家"十二大碗"渐渐淡出了人们的视线。相较现在的美食美味，它们也许显得有点土，不入流，很多年轻人可能根本看不上眼，不合口味，但它是那个年代人们渴望的丰盛大餐，是很多过来人的美食记忆。四方食事，不过一碗人间烟火。张公中老人关于"十二大碗"的讲述，仿佛把我们带到了一段旧时光，高脚碗、八仙桌、长板凳，人声鼎沸，热闹祥和……

食物的记忆如陈烧,愈久愈香,愈是怀念。日子有点苦,回忆有点甜。(讲述人:张公中)

2022年9月2日

寻味时堂

信干山村脚下有一个绿色城堡,彩虹桥边,有一方"小人国"自然食育学堂。在那里,第一次见到"地主"抱抱,她身上有种森系田园风的感觉,自然纯朴,低调内敛。她看到我们,笑而不语。但我们一问起相关问题,她便对答如流,聊起她的食育课堂和小人国,不失老师本色,滔滔不绝,眼里有光。

抱抱,本名鲍作勉,从事食育教学八年,开设有个人工作室——寻味时堂,是宁海首家原创食育课堂。几年来,前后开展了九百多场食育教学活动,在多所幼儿园、小学开展社团课、班队课、户外劳动课,并在社区、乡镇开展食育教学。食育,即饮食教育,既是对食物相关知识的了解与教育,也是对饮食文化和健康饮食的践行。民以食为天,食是一门大学问,关系民生,也关系人生。人民健康是民族昌盛和国家富强的重要标志,开展食育是贯彻党的十九大提出的"实施健康中国战略"重大决策的关键举措,是落实国务院《健康中国行动（2019—2030年）》宏伟目标的具体方案和有效方法。

寻味时堂以食为载体，结合二十四节气、中国传统节日和宁海本土独特的饮食文化、风土人情，开创独特的食育课程。知行合一，理实结合，通过各种体验，让孩子们学会食的知识，懂得珍惜与分享、感恩与付出，体会只有劳动才有收获，让饮食教育滋养孩子们的身心，传递一种健康的生活态度。食育课堂既是饮食教育，也是生活教育；既是健康营养课，也是劳动技能课；既是饮食文化的熏陶，也是精神思想的感化。

抱抱选择食育行业，初心也是缘于自己的经历。虽然在农村长大，但她从小没干过农活。有一次她经过长街，看到一整片绿油油的农场，问边上的人："这是给牛吃的草吗？"其实那是小麦，胡陈不种小麦，她也便不知道小麦长什么样。这笑话不亚于有城里人把小麦当作韭菜。

从幼师毕业后，她做了幼儿园老师。教学很正规，但似乎少了点什么。她觉得孩子们应该走出去，去接触外边的田野、自然。教了五年，她觉得那不是自己想要的。她喜欢孩子，但不喜欢这样的教法。她想做点自己喜欢的事。

因为儿子，她接触了食育。学校有配餐，但儿子不喜欢吃，她便每天给儿子送午餐。她给儿子做便当，考虑到营养，也考虑到美观，注重食材的新鲜和营养的搭配，也注重摆盘的精致。为母则刚，总想把最好的给孩子，她觉得这还不够。为此，她通过查资料、看书、上网等学习，其中有一本叫《好想为你做便当》的书让她至今记忆深刻。儿子的便当让同学们看着眼馋,她便把便当图片分享在网上,宝妈们也纷纷取经效仿,并提议她开班授课。

有一段时间,她在绘本馆帮教绘本,也会教一些手工,捏橡皮泥、办家家呀,一切都是虚拟的,可以玩但不环保,能装作吃却又不能吃。孩子们离书本近了,而离生活远了,离自然远了。为什么不让孩子们玩得更真实健康,有真实的手耳眼鼻口身体体验呢?让他们用自己的双手去触摸食材与锅碗瓢盆,用鼻子闻食物最本真的味道,用眼睛去观察瓜苗的成长过程,用耳朵去听一听泥土吸收雨水的声音,用嘴巴去享用自己创造的美味……2017年,抱抱食育课堂——寻味时堂应时而生。她跟随日本食育教授系统学习,并取得国际食育导师证书。让教育回归生活,让生活成为教育,这是抱抱努力的方向。

寻味时堂根据学校、家长和学生的需求,会不定时地进行招募活动。教学内容因时而异,教学方式灵活多变。比如食育绘本、亲子户外农耕和生活练习生等课程,都很受学生欢迎。最初且最好的食育在家庭,可很多家长不重视,很多小孩从小娇生惯养,没养成好好吃饭的习惯,大人的溺爱、家教的缺失使孩子任着性,吃饭成了问题。抱抱老师会在食育绘本课里寓教于食,讲餐桌礼仪、中国传统节日,让孩子们领略世界各地不同的饮食文化,还会和孩子们一起去寻找食物王国的色彩精灵,来一场食物在身体里的旅行……听了、看了、做了、吃了，孩子的印象自然也深刻了，有意识地注意什么可为、什么不可为，吃起饭来也更香、更认真了。

很多孩子不知道食物是从哪里来的，还真有人回答："超市来的！""四体不勤，五谷不分"，大有人在。农民靠天吃饭，遇自然灾害则颗粒无收，风调雨顺加上勤劳努力才能丰收。让孩子们亲历农事，他们才会真正感受到食物是从哪里来，怎么来，且来之不易，从而敬畏自然，珍惜粮食。天地是教室，自然是老师，"二十四节气"千百年来指导着中国传统农耕社会的农业生产和日常生活，科学与人文兼具。抱抱老师按照二十四节气，设计安排亲子户外农耕课，如霜降挖番薯、立春种土豆、谷雨采茶、冬至搓圆等。在学习农事的同时，体验民俗民风：如立夏吃土豆饭、挖山笋、拄蛋、做蛋络、称体重，是劳动课也是人文课；如小雪种麦，让孩子们下地，亲历从种子的播种到收获的整个过程，从端着小脸盆播种到施肥，到多次下地观察成长过程再到享受丰收成果，他们更能感受到"锄禾日当午，汗滴禾下土"的艰辛，"谁知盘中餐，粒粒皆辛苦"的珍贵，收获的喜悦和面食制作分享带来的快乐。

生活练习生也是一门很有意义的课程。练习生只是学习做菜吗？很多老师和家长觉得学生的生活能力较弱，但小孩子在家的劳动机会也往往被好心的父母剥夺。在食育课堂，老师引导孩子们去关心身边的每一个日常，放手让孩子们去动手、去尝试，在劳作中发现问题、独立思考、独立解决问题，在团体中相互协作、学会分享。

暑假的生活练习生课一般为期五天，教孩子们学习食品安全、营养搭配，了解节气习俗、传统节日等，如柴米油盐酱醋的学问、小标签里的大学问、选择蔬果的注意点……最后一天体现学以致用的成果，让孩子们自己动手做美食。从一开始的列菜单到去菜场买菜、荤素营养、色彩搭配、付钱记账、食品制作等，全部由他们独立完成。短短的五天，他们感受到了日常生活的辛苦，体会了大人的不容易，决心回去帮着做家务，当小助手，认真吃饭。

　　新的学期开始了，抱抱老师又在忙着开始新的课程招募——好好吃饭，从早餐开始。寻味时堂开展小班化教学，以确保孩子的参与和教学的效果，也只是偶尔发布招募活动。我们跟她开玩笑说："你这办学根本没什么效益可言呀！"但抱抱乐此不疲，因为她热爱这份事业，希望通过自己的努力让更多的孩子喜欢上寻味时堂，好好吃饭，热爱生活。

　　言谈间，抱抱浅笑嫣然。但愿她初心不变，假以时日，让更多孩子爱上寻味时堂，爱上三餐四季，一起寻自然之味，寻美食之味，寻生活之味。

2022 年 9 月 4 日

送炒粉

下班回家,隔壁邻舍一帮人坐在我家门前聊天,问我出嫁时是否有炒粉桶作陪嫁。我说,没有。章阿婆就说:"没有陪嫁炒粉桶,就别给你妈送炒粉了。"哦,又到送炒粉的季节了。老阿姨们明明知道我们这代人不作兴这种陪嫁了,这一招欲擒故纵,明显的暗示呀!

以前三月田地荒芜,青黄不接,大家没有粮食吃,挨饿是家常便饭。隔壁邻舍坐在一起谈起饿肚子的往事,"60后"的晓苏姐和"50后"的章阿婆各有各的农谚。一说:"一月长,二月长,三月饿死老爹娘。"一说:"正月长,二月长,三月捣谷籽焖鸡娘。"前者说的是饥饿之惨状;后者说的是饥不择食,不计后果。非常之季,自然有出嫁的女儿担心父母挨饿,于是将自己家中省下的粮食制成易饱腹又便携的糕点,带去看望父母。父母在享用女儿的爱心炒粉糕的同时,也会将它送给左邻右舍品尝,是美食分享,也是爱的"炫耀"。这样,一来二去,送炒粉糕就作为表达孝心的习俗流传开来了。女儿出嫁,嫁妆里也少不了炒粉桶,也叫望娘桶。农历三月,清明前后,出嫁的女儿都会用炒粉桶盛着炒粉糕或炒粉送给娘家,俗称"送炒粉"。现在很少有人用炒粉桶了,但送炒粉糕的习俗一直保留了下来。有些人认为"重日"是好日子,会挑农历三月三送。三月三是中国传统节日上巳节,也成了宁海女儿们的"望娘节",她们以送炒粉糕报娘恩。

在物资匮乏的时代,炒粉糕无疑是爱心甜点、珍贵零食。我记得小时候也帮母亲去外婆家送过几次炒粉糕,有时图方便,是未做成糕的炒粉。我们最爱送炒粉,不像炒粉糕排得齐整,吃掉一根便能看出。姐妹俩一路上轮流提着炒粉桶,嘴馋时头凑在一起,拿糙树叶片当瓢舀,你一下我一下偷吃几口,炒粉点点掉落,掸几下,再把桶里的粉摇匀抹平。从自己的村庄山上方走到岭头外婆家,不远的路,不歇上三五次却是到不了的,桶里的炒粉自然也浅了寸把,面上看大抵还是平的。外婆接过桶后,开心地笑着,只看我们不看桶,顺手把桶放在矮橱上,生怕我们够不着。

童年记忆里的炒粉糕总是香香糯糯的。那时渴望吃到的美食,现在已不稀奇了,食品店里一年四季都有的买。外婆早已过世,母亲的血糖也随年龄增高,我嫌炒粉糕偏干偏甜,从来没给她买过。倒是我姐,每年都会按时送,不是提着当年的炒粉桶,而是直接从食品店里买来的袋装炒粉糕,搭配些牛奶等其他营养品。母亲确实也不太吃,总是拿着炒粉糕去分给左邻右舍。都是上了年纪的阿姨阿婆们,一边吃一边念叨着:"生囡好呀,有炒粉糕吃!"羡慕中有些落寞。一个阿婆和我说,他们的儿女也经常会送来各种吃的,但没了炒粉糕,仿佛少了点什么。我不免反省,我们家姐妹四人,除了我姐,另三人都不兴这个,觉得还不如买些水果、营养品之类的好,如果没有大姐坚持每年送炒粉糕,那母亲不就也和她们一样了吗?原来,生活富足的年代,炒粉糕还是母亲们的心头好。

一经提醒,我赶紧行动,拉上女儿一起去草湖食品店买了两袋炒粉糕,再配了些老人家能吃的其他零食。老人家都不知道现在外面新开了多少家各式零食店,只认准老品牌。旁边还有一家糕品店刚好在做炒粉糕,我便凑了过去,发现老板娘面熟,一谈才知是我们同村人,是当年我们这些黄毛丫头仰望的村花姐姐。她说,虽然今年有闰二月,但女儿们送炒粉的心已经先到三月了,想把炒粉早早送起来,唯恐送晚了娘亲要等急。最近糕品店在加班加点赶制,这种手工糕点工序太烦琐,大家图方便,都直接到店里来买。炒粉糕看起来简单,做起来却很有技术含量,把握好五谷杂粮与米的比例、糖的比例是关键,这样才能酥脆。村花姐姐的技艺是当年从她外婆那儿传承下来的,随着大家生活水平的提高,在原有材料的基础上根据新的口味需求进行创新,或加些花生、芝麻、核桃、玉米,或做成无糖的。除了炒粉糕,他们还做香糕、米胖糖等,都是童年时的美食,能唤起人们的美食记忆。她自豪地说,记者也来采访过她,并把相关的采访视频给我看。我又买了两包，母亲也许能从中吃出家乡的味道。

村花姐姐还告诉我，十月他们也得忙。宁海南路角三月三送炒粉糕，但北路角有些地方十月半送炒粉糕，这两个时节她做糕都忙不过来。真是十里不同俗，但细究起来，各有各的理。春来饥饿时，女儿思娘亲，送炒粉给父母聊作接力，农忙时方便父母带至田间充饥；秋来丰收时，女儿思娘亲，送炒粉让父母分享成果，以告女儿衣丰食足、生活美好。节日送礼，不论什么理由，说来说去还是做女儿的心疼父母，也怕父母心疼自己，小小糕点苦心一片可鉴。女儿不但是小棉袄，还是小甜点。

离开小店，我偷偷地对女儿说："我老了，你要给我送炒粉糕哦！"她也轻轻地说："那你得给我备个炒粉桶，要泥金彩漆的哦！"

2023 年 4 月 10 日

柿子红了

柿子红了,秋日里,蓝天下,枝丫间。

闺密说好友给她送了柿子,去年是,今年也是。我表示羡慕加嫉妒:"我也希望有个每年给我送柿子的好友。"没两天,她好友送的柿子就摆在了我的竹箩里。

竹箩是我学生手编的。二十多年前我初为人师,教了她两年高中语文。中秋时,她特意带着自己手作的蛋黄酥和竹箩来看我。蛋黄酥包装盒上有字如斯:"浅尝,厚爱。"多美的文字啊!无须言语,四字寥寥,放哪都是一片深情。蛋黄酥早吃完,纸条一直舍不得扔,这下又和竹箩完美组合,派上用场了。

柿子虽红却硬,好看不能吃。想着它快点变软,可以一下子吃个爽。又希望它软得慢一点,可以久久地看,慢慢地赏。和我一起等待的是崽崽,它总是蹲在边上,静静地看着。可是,它的娃就没这么淡定了。我把箩里的柿子拿到阳台上拍照，没想到在边上玩耍的小汤圆忽然掉转方向，不顾一切地冲向柿子。好心疼我的柿子、我的竹箩！还好柿子是硬的，竹箩也很结实，都完好无损。

柿子熟得慢，朋友建议我放个苹果催熟，我还是耐着性子等，等到风景都看透，慢慢消受也无妨。一个月下来，隔三岔五地终于能吃上几个软柿子了，浅尝，厚爱，甜到心里。柿子有润喉功能，天凉气燥喉易干痛，柿子好吃又能当药。陶弘景在《名医别录》里提到柿子有清热润肺、化痰止咳之效，李时珍在《本草纲目》中也说柿子有治嗽之功。世间万物皆是宝，好吃的当美食，不好吃的可入药，像柿子这样颜值、美味与药效皆具的好物，自是久看愈好、久吃不厌。想看柿子满枝、柿树成林，可惜没见到过。

满心期待，寄予这一箩柿子。任秋去，等冬来，度了时光荏苒，暖了岁月漫长。

2020 年 12 月 6 日

第四辑 乡建・追梦

时光里的村庄

很多古村落，历经岁月变迁，深藏在深山里，连同它的兴衰起落，湮没在历史长河中。如果不去走近，不去挖掘，你都不知道它有多美丽，有多古老。宁海县一市镇有个村庄名叫山上方，便是其中之一。它藏于盘龙山上，背靠状元峰，面向三门湾，常年云蒸雾绕，满山茶园翠绿，寂静地在深山中美丽了很多年。随着风力发电场的建设，盘山公路变得宽阔，山上方开始惊艳在观光客们的镜头下。

一、山上方，深藏在历史里

山上方，山上藏有方。

据《宁海县地名志》记载，明初学儒方孝孺因拒为朱棣起草即位诏书，罹灭十族之祸，其家溪上方被毁，同族方克浩逃难至此山上匿居，改姓为郑。附近村民固知有方姓隐藏于此，遂称村为"山藏方",清康熙三十年(1691)复姓为方。为了书写方便,后村名改为"山上方"。古时村落多以同姓聚居,大家都能从这看似简单的村名中猜出山上有个以方姓为主的村庄,但很少有人知道这村庄里深藏的故事跌宕起伏。

民间传说,当年族人方克浩之妻郑氏腹中怀胎,借讨饭甑之名,以饭甑遮腹掩饰,逃出村外。《重修山藏方方氏宗谱序》里则如此叙述这段历史:"方公孝孺,明洪武年间官居翰林侍讲学士、文学博士之职,太祖去世后辅佐建文帝即位,进行政治改革,在靖难之变中宁死不屈而遭灭十族惨祸,但公文学之渊博、忠心之气节历传不衰,流芳千古。先祖乃溪上方人,明永乐靖难,九死一生,侥幸生存,偕母避居马铺,后察山上地博,遂转徙定居,时依母姓为郑,清康熙三十九年,奉诏恢复为方氏,终结了二百九十八年蒙难流亡生涯。"历史变迁,流传难免有出入,但大致如此。

遭此劫难,流亡生活之艰难、心中之愤怨不平可想而知,山上方村先祖方克浩留有诗《哀词》:"猴城是吾乡,为主亡家国。上天降乱祸,忠良遭夷戮。挈家向南奔,望门(马铺后山岙)投止宿。幸得遇故知,留我藏山谷。桑田变成海,冢墓遂翻覆。成仁在一人,贻祸及九族。多少逃亡者,含冤不瞑目。安得天运还,免我吞声哭。"也因此,山上方的后代子孙多深居简出,隐世避俗,过着"不知有汉,无论魏晋"的生活。

村口的方氏宗祠,曾几经衰败,又几经修复。与很多江南宗祠类似,内有鸡笼顶戏台、石板明堂,两侧有东西厢房。

宗祠大殿后楼有四根出头椽，颇为醒目。村书记方建彪说，这是老祖辈立下的规矩，不管宗祠怎么修，这些出头椽永远不能变，它们寄寓着祖宗们的厚望，希望隐世避俗的方家终有出头的日子，子孙能够兴旺发达。

村西的灵泉寺历史悠久，据说是隋朝古刹。古寺四周青峦叠嶂，绿筠翠柏，灵脉四合，若莲花含露。灵泉寺地处莲花抱心之地，历经兴衰，香火袅袅不断，晨钟暮鼓，响彻山林。灵泉寺再往西有新岭头，新岭也叫摘星岭，历史上是甬台之间的重要官道，通东岙，经沙柳、海游，可至府城临海。海游在唐代还曾一度做过宁海的县治。新岭岭高路险、峻峭狭窄，北宋晚期黄岩诗人左纬写过一首诗《题摘星岭》："已知星可摘，须信路皆通。日影穿云薄，天形入水空。遥看梁苑雪，独挹楚台风。指点中华地，山河万国雄。"据南宋《赤城志》载："摘星岭，在县南二十五里，旧名新岭，宣和中，廉访使刘长卿自北至，以其山高峻，更今名。"据《宁海县志》记载，明万历年间又改名为"新岭"："有邑人杨继思者，捐金五百，动工开路。凿壁成径，累石成梁，历三寒暑而功始告成。后人因名此岭为新岭。"旧时驿道"五里一墩、十里一铺"，清末的地图也将此地标为"新岭铺"。

新岭头设有路廊，是走来过往行人商贩的停歇地。村里人行善供水，路人在此喝口水，聊个天，长个精神，继续行路。关于这路廊，还流传着一个传说。从前，有个读书人住在路廊西边的山上用功读书。有一晚，他打着灯笼下山，到路廊来借火,说风大把屋里的灯吹灭了。在路廊里乘凉聊天的人都笑了:"你这灯笼里边装的不就是火吗?真是读书读呆了!"后来这个书呆子高中状元,当了宰相,这座山峰就叫了"状元峰"。口口相传的传说,往往都有历史的影子。至于这个读书人到底是叶梦鼎还是章鋆或是他人,谁也说不清楚。

  修了公路后,摘星岭便无人问津,新岭路廊里也十分冷落,连同新岭头一起在风雨中飘摇、破败,湮没在荒草离离间。

二、山上方,深藏在高山中

  山上方,深藏的不光是历史,还有村庄,是薄雾轻笼的村落,是白云生处的人家,是养在深闺的农家碧玉。如《方氏宗谱》所言:"宁邑之南郡望府楼山麓,山川秀丽,风土淳厚,群山叠翠,景色如屏,乃胜地也。"

  这个古老的村庄,远在高山之上,山路十八弯。村子在山谷之间,四面皆山,云雾弥漫,藏在深山人不识,确实是隐居的好地方。村子北依望府楼,海拔四五百米,站在山顶,极目四望,有时云海茫茫,有时能看见县城,自是风光无限。满山皆茶园,茶叶是村民的主要收入来源。当年一排排采茶女们边采茶边哼唱着"请喝一杯茶呀请喝一杯茶,山上方的茶呀甜又香呀",歌声在茶山飘荡。现在,望府茶成了省内外著名的优质绿茶。

  高山特有的地势为农作物的生长提供了良好的地理环

境。村民日出而作，日落而息。出产的稻米等粮食深受欢迎，还有"山上方，好地方，粮食支援各地方，自己喝点白粥汤"的村谚。在那个艰苦的年代，山上方人贫穷而大方。除了花生、蚕豆、番薯、芋艿、土豆、芝麻、生姜、薤头、板栗和山笋等品种多样山货，村里还种植白术、玉竹等药材。也许是因为祖辈方孝孺遭受诛灭惨案，也许是村庄地处偏僻、交通闭塞的原因，以前的山上方人多自给自足，与世无争，很少上城卖货。新岭古道往来的路人商贩看到这里的山货很喜欢，常顺带一些走。

因为路远山高，交通不便，村民生活较清苦。改革开放后，村里活络的少数人先走出大山，接着，越来越多的人走了出去。留在村里的人越来越少，人走屋荒，到处是残垣破墙。村里的古建基本都已破败消逝，很多老道地早已夷为平地，上面开满了美丽的野花，斜阳照断很多老屋的墙，不留片瓦。目前保存尚好的也就属 20 世纪 80 年代建造的若干长排屋了，木结构，朱墙黑瓦，衬着群山梯田甚是古朴。

时光老去，古村人亦老去。少小离家，老大而归。四十年一瞬，四十年前的白发老人已作古，四十年后的白发人当年正青壮。后道地银发老奶奶变得更瘦小，但精神依旧，像个小媳妇般腼腆回首，"笑问客从何处来"。

三、山上方，惊艳在镜头下

山上在建设风力发电场，一座座大型风车需要宽阔的公

第四辑　乡建·追梦

路才能搬运至山顶。路面拓宽后,原来狭窄的盘山公路变得宽敞安全,来观光的人越来越多,村里的日子越来越好,山上方的美景越来越频繁地出现在人们的镜头下。

望府楼风车黄花。望府楼上的茶园,碧绿成片。蓝天下风车慢悠悠地转着,黄花慢悠悠地开着,牛儿慢悠悠地吃着。人们可以在此慢悠悠地走着,躺着,想着。满山遍野的黄花,在夏日里尽情绽放。幸福便是有人陪你观海登山,看日出日落、朝雾晚霞。

露天坪观雾采茶。村东的露天坪,是高山顶上的一片"平原",面貌尽显,素面朝天。四五十个废弃集装箱搭建的"村在",布局与色彩经巧妙处理,镶嵌在碧绿的茶园里,成了一道亮丽的风景线。遥望茶山云起雾散,近闻茶香沁人心脾,恍若仙境,却是烟火人间。露营于此,可面向大海,看春暖花开;或仰望星空,听鸟鸣深涧;或荡起秋千,放飞自我……若隐若现的采茶女,一见如故品茗人。就让我们远离城市的喧嚣,放慢脚步在此栖息,在这清新如洗的碧空里,一起深呼吸,慢生活!村在,我们都在。

灵泉寺听经观鱼。灵泉寺建寺早,信徒多,相传"要十全,拜灵泉;先灵泉,后福泉",其影响之大与建寺年月之久可见。寺里如今的住持是一个年轻的和尚,师出少林。寺院屋后筑起竹篱茅舍,春来折桃枝插花,秋去剪红枫数枝,挖山笋为时蔬,舀山泉以煮茶。三杯两盏茶话间,便沉醉于竹林清泉,闻鸟鸣深涧。寺内古井,清澈见底,永不枯竭。寺院兴时水清,寺院衰时水满。鱼儿在水里看天,蜻蜓在水上照影。

  古村落老屋人家。村里的古建基本都已破败消逝,那些传说中的一个个大道地都已瓦解成堆。梨花白,梨花落,老屋静静地美着。

  生于故乡,长于故乡,不管怎样变化,深藏于心的故乡总是最美的。此处草木亦有情,山水亦有意,破旧的老屋亦有旅人儿时的美好回忆。经过此处,他们会像小时候那样坐一下门槛,发一会儿呆,回忆一下那些回不去的旧时光,久久不忍离去,他乡亦成了故乡。

  如今,小孩子穿着漂亮轻暖的羽绒服,在小桥上嬉戏摆拍。四五十年前,他们的奶奶在冰雪天穿着破旧厚重的棉袄在此哆嗦前行。看到此情此景,奶奶们忽然觉得自己还是记忆中的小女孩。时光催人老啊,好在大家的日子越过越好!

  走近山上方,你会发现时时处处都是美,美在历史传说,美在四季朝暮,美在角角落落。翻山越岭去山上方走走吧!去踏青去品茶,去看花去乘凉,去闻稻谷香去围炉看雪下。

2020 年 8 月 16 日

绿色山洋

车行于山洋,绿水青山扑面而来。山洋村是岔路镇的一个行政村,由山洋、柯仙、沙田、大水路四个自然村组成,现居王、柴、胡、杨等诸姓。据《柴氏宗谱》记载,柴氏十四世柴国器在崇祯十四年至康熙六十年(1641—1721)由外柴迁此。又据《杨氏宗谱》记载,雍正年间,杨国品与其弟杨国吕自沙柳港下溪头杨迁此。因村在大松山之阳,故名山阳,又因杨姓居住,亦称山杨,后改作山洋。村里现有400多户人家,1000余人。

山洋是一片充满红色记忆的热土。一谈起山洋,大家就会想起山洋革命根据地纪念园,它是宁海红色教育的首选地。解放战争时期,山洋村曾经是浙东游击队的重要根据地之一,队伍夺取了茅洋阻击战、岵岫岭伏击战和解放天台、三门等大小战役的重大胜利,有力配合我军横渡长江、解放江南,写下浙东革命历史上浓墨重彩的一笔。在激情燃烧的峥嵘岁月里，在这块红色的土地上，山洋人民曾为祖国的解放事业做出了无私的奉献，留下了许许多多可歌可泣的英勇事迹。走进山洋革命根据地纪念园，你能通过那些英勇事迹感受到热血的青春、奋斗的伟力、坚韧的气度。新中国成立后，当年积极参与革命工作的山民们，仍然过着日出而作、日落而息的农耕生活，他们的子孙继承了祖辈勤劳善良的优良传统，坚守着这片祖辈不舍的土地。

山洋更是一片富有绿水青山的生态土地。村庄离城区35千米，"结庐在人境，而无车马喧"，隐于山环水绕之中。山洋地处宁海、天台、新昌三县交界处，山高林茂，得天台山脉之余韵。它位居浙东大峡谷天河风景区白溪水库之上游、大松山之东南，处崇山峻岭之间，水深且澄清，甘甜爽口。松篁交翠，好鸟相鸣，时时如诗；峰险幽谷，飞瀑流泉，处处入画。晴则水光潋滟，雨则山色空蒙，有龙潭兴雨之灵，有涧水长流之态。山灵水秀，令人流连忘返。走进山洋，我们不仅能登临浙东大峡谷领略磅礴气势，能穿越绿色山野尽情享受清新空气，还能行至柯仙寺千年牡丹前感受历史沧桑。

一

"渡水母溪，登松门岭，过王爱山……"游圣徐霞客笔下的水母溪便是白溪。白溪是宁海第一大水系，发源于天台县华顶山北麓，全长66.5千米，流域面积627平方千米，传因"溪低田高,不得灌溉之利,徒流一溪水"而得名。白溪是宁海人的生命源泉,哺育了世世代代的宁海人,但其造成的洪涝灾害也给人们带来了不少灾难。

随着宁波市对淡水资源需求量的日益增长,1996年,白溪水库这个宁波人民的"大水缸"开工建设。2006年,白溪水库这座以供水、防洪为主,兼顾发电、灌溉效益的大型综合水利枢纽工程正式建成投用,并通过102千米的管道和涵洞向宁波北仑水厂供水。高峡出平湖,白溪水库的建成守护了一方水土,更是造福了人民。水利水电专家潘家铮院士曾题词赞誉:"兴利除弊,建管结合,美哉白溪,水库楷模。"

白溪水库是目前宁波最大的水库,总库容有1.68亿立方米,日供水量达到80万吨,水质常年保持一级,承担着宁波城区三分之一以上人口的原水供给任务。而且在每年防汛抗旱的过程中,白溪水库也充分发挥了防洪除弊、拦蓄兴利的作用,最大限度地保障下游人民群众的生命财产安全,也为山洋人民带来了可观的维护经费。

"问渠那得清如许,为有源头活水来",白溪水库的一流水质离不开水源的保护。白溪之水流经山洋之后入水库,因此,山洋一带水源的保护直接影响白溪水库的水质。作为宁波市民的"大水缸",水库的水质问题不容小觑,特别是要控制、治理好农村、农业、生活与旅游等带来的污染问题,山洋村是关注的首要之地。在政府的号召下,山洋的村干部和村民积极响应,开展护水守绿的长期工作,从产业革命、厕所革命、垃圾分类、污水处理和村庄清洁等方面着手,既守护了水库,又建设了美丽新家园,既顺应了村民对美好生活的期待,又夯实了乡村振兴的基础。

二

人类文明的发展史,与自然、环境和生态密不可分。我不负绿,绿不负我,坚持人与自然和谐共生,"绿水青山就是金山银山"。山洋村响应政府号召,以生态发展作为乡村振兴的重要原则,不为一时的经济利益而破坏生态环境,寻求可持续发展之路。山洋村坚持环境保护优先,守护好农村的自然环境和生态资源,做好水土保持及生态建设工作,扎实搞好农村人居环境整治,形成绿色的发展方式和生活方式,在"增绿""护蓝"上下功夫,也为子孙后代留下了"绿色银行"。发展生态农业、生态旅游,将绿色生态转化为经济效益、社会效益,昔日贫穷与美丽共存的山洋成了绿富美。

山洋山高水清,土壤肥沃,适合种植高山果蔬。在政府的引领下,山洋人从种植单一的农作物过渡到品种繁多的经济作物,他们尝到了生态农业的甜头,丰厚的经济效益给他们带来了商机,农人改变了自给自足的生活方式,发挥高山优势,紧跟市场需求,创出山洋特色。稻谷、番薯、土豆和芋艿等都是高山种植的标配,山洋也不缺乏。但山洋特有的高山气候和土质使得孕育出来的粮食口感也非同寻常。如山洋的土豆金黄生粉,红洋芋更是颜值与口感俱佳。

山洋的竹林不但风景亮丽,而且盛产竹笋。竹笋是冬春季节的好食材,新鲜出土的竹笋立即下锅,或煮或炒,都是鲜嫩美味,令人食而难忘。季节易逝,美味难留,将竹笋晒成笋干,便留住了人间美味,变成了四季皆宜的干货。勤劳、智慧的山洋人用新鲜的竹笋晒制笋丝、笋鲝,与山洋土鸡、洋鸭煲汤,那可是绝配。

"狗吠深巷中,鸡鸣桑树巅"不只是陶渊明的田园,也是山洋人的田园。村前大桥下游过一群鸭,白色的洋鸭洋气十足,甚是抓人眼球。村里养的鸡非同寻常,爱跑到树上打盹养神。白发老者已无牙,却是笑容可掬,一手拄杖一手牵牛犊,有种东坡居士的风度,正是:"竹杖芒鞋轻胜马,谁怕?"高山云雾间,一群山羊享受着青草大餐,也享受着梦幻仙境,那个会唱歌的牧羊女去哪儿了呢?

以前,山洋山上多农作物,少水果。现在的山洋,屋前桃李屋后梅,水果相继登场,不但甜蜜了舌尖,也充盈了主人的腰包。这些水果,多为山间野生,是人们记忆中儿时的味道,又经品种的科学改良,通过大面积种植填满了农民的腰包。山洋高山猕猴桃个小味甜,绿色健康,不是野生藤梨,胜过野生藤梨。覆盆子青涩时可晒干入药,用于浸酒或泡茶;成熟时是水果,酸甜美味。

岔路是葛洪后裔的最大聚居地,具有独特的养生文化优势。山洋山高多种草药,很多是葛洪在《肘后备急方》中提及的。山洋人传承中草药传统偏方,注重中草药的保护与培植。如金银花、山黄精、金蝉花等。

山洋物产之丰盛不胜枚举,柴籽、菜籽、山茶和茶叶等也是久负盛名。四时蔬果,如果想一一尝遍,那就常来山洋,季节不同,各有收获。

三

山洋革命老区是红色旅游基地,也是绿色天然大氧吧。来山洋,既能接受红色教育,又能感受绿色山水。山洋的"革命红+生态绿"吸引了无数的游客。

山洋有三胜,即万年峡谷、"千年牡丹"和百年古树。浙东大峡谷是一条沉睡了上万年的大峡谷,核心景区30余平方千米,原属新昌飞地,是李太白梦游吟别的天姥山,以自然山水风光为依托,以道家和台岳文化精粹为内涵,以青山绿水、奇峰怪石、溪流飞瀑和原始森林为特色的生态风景区,以"峰险、谷幽、水绝、石奇、根玄、雾幻"著称,以其"原始、神秘、野性、雄奇"征服所有慕名来访的中外游客。这里林木繁茂,空气清新,置身其中,神清气爽,劳烦顿消。栽种牡丹的地方原来是座叫柯仙寺的寺庙。据南宋嘉定年间台州府记《赤城志》记载,该寺是东晋兴宁年间印度高僧昙猷漂洋过海来这里弘扬佛教时所建,传说"千年牡丹"也是在那时候就栽种下了,后寺庙成了宁海西南山区游击根据地修械所、被服厂遗址。因历史久远,当地村民称这牡丹为"千年牡丹",每年农历三月十五前后,是"千年牡丹"的最佳观赏期,引来无数游客、摄友。百年古树有枫香、银杏等。

　　山洋山清水秀、远离尘嚣,村民们过着起居无时、惟适之安的生活。有揣着手艺闯天下的,更多的是种着陌上桑守着池边柳的,扎根故土,过着世外桃源般的慢生活。行走在山洋,你是否也想停下来,感受山洋人的晨起而作、日落而息、观岚看霞、炊烟升起、飘来饭香?诗意的栖居,是幸福生活的需要,也是社会文明的生动表现,是人们长久以来所期望的生存状态。由此,山洋特色民宿应运而生。2016年6月,首家红色主题民宿开始营业,解决了多位村民的就业问题,给村民的发家致富带来了新路径,也为革命老区的发展开创了新的活力。继之,村内开起多家特色民宿,或建于高山之巅,或居于田间,不定时地推出露营、烧烤、捣麻糍等活动。山洋民宿,不但能唤起你的乡愁,也能够让你实现诗意的栖居。你如在大后方,各种蔬果,举手可得,吃了蓝莓还有猕猴桃,农家菜更有妈妈的味道,是很多人梦想中的田园。又可听山水清音,又可坐看屋前稻田青又黄,屋后把酒话桑麻。

　　"幸福是奋斗出来的",山洋村通过唤醒红色基因,带动地域文化,打造山洋村红色文化,结合自然风光,改善村容村貌,大力发展乡村旅游休闲产业,扩大了影响力。与此同时,越来越多的游客走进山洋,当地的土特产热销开来,民宿运作起来，带动了山村绿色经济的发展。美丽乡村建设深入民心，山洋的明天必将更美好！

2021 年 8 月 1 日

平岩故事多

平岩村,宁海东南部一个临湾濒港的村庄,由小潭塘、平岩、平岩头、三北和上棚厂5个自然村组成。北接前横,东临胡陈港,西濒力洋港,南向三门湾。陆上部分系海涂淤积围垦而成,地势平坦,为南北向狭长半岛。全村区域面积4.85平方千米,人口853户2285人。同三高速复线自东向西穿村而过,高速出口(明港枢纽)建于村西,交通便利。

每一个村庄都有自己的故事,平岩村也是。宁海的很多农村都是聚族而居的,多独姓或一姓独大,但平岩村就是那个"不走寻常路"的村落,这是个"百姓"杂居的移民村——117个姓氏杂居的港湾新村。平岩村的先辈们怀着美好的生活理想,背井离乡,历尽艰辛,从五湖四海赶来,寻找他们梦中的桃花源。村民最初大多是掌握围垦、种植技术的移民,携妻带小连同自己的家乡父老亲眷来到这里。这些"掘金者"

和他们掌握的技术本事,历经着时代的荡涤,一起融入这个本不属于他们的村庄,将他乡变成故乡。面对汪洋大海,面对穷涂荒滩,他们筚路蓝缕、栉风沐雨,他们开荒垦地、砥砺前行。他们植棉种橘,谋求幸福。平岩村村史是一部宏大的现代移民史,一部艰辛的围垦史,一部曲折的植棉史,一部悲壮的抗灾史。

技术移民 "百姓"齐聚

平岩村靠海,20世纪40年代末第一批移民来此围垦,此后的三次移民潮造就了如今这个不同寻常的移民村。20世纪三四十年代,平岩村还只是海边的一片滩涂,第一批移民寻到此处,围垦栖息。"三省十八县,共建新家园",20世纪五六十年代,全国各地的拓荒者都闻讯而来,喊着这句嘹亮的口号,在此安家立业。当时,平岩一带闲置土地较多,有些土改后的"移民"在老家失土无地可种,闻讯过来从事农业;也有些人则是因为家乡土匪多,动荡不安,身怀看家技术迁移过来。他们怀揣着对土地的热情,怀揣着对生活的希望,怀揣着各自的传家本领,在此扎根筑巢、安身立命,共同建造一个属于他们的新家园。

村民来自15个省(区)25个县(市),其中,来自慈溪、余姚的村民最多。村书记张贤安说:"远的来自辽宁、吉林、四川、云南乃至新疆。"他们操着不同的乡音:慈溪话、余姚话、三门话、绍兴话、上虞话、黄岩话、温岭话、象山话、苏北话……"百姓"村村民通常能听、能说多种方言。"村里现在有117个姓。"村书记说。姓氏之多，是附近村庄少有的，姓氏中不乏宣、安、阳、蒲等罕见的姓氏，是个名副其实的"百姓"村。

围海造田　筑塘抗灾

早时，平岩人少地广没人种，而天台等地却是没地可种。土地是农民的生存之本，为了生存，他们移民至此。由于地处海边，面积虽广却不宜栽种，必须围海造田。钓鱼礁塘主要由三北人围，于1967年前后围成。平岩新塘300亩，由平岩村7个小队围，于1969年前后围成，无国家支持，自围自用，3年后缴农业税。1971年"农业学大寨"结束，小潭塘大队核算分离成3个生产队。为了扩增耕地面积，二、三两队与竹山大队合筑红山塘，两队各得新塘地100亩，一队在胡陈港沿江围塘50亩。

"平岩塘，十年九年荒，三年两头要倒塘。住住茅草房，脚脚踩在牛脚塘……"老村民们至今仍记得这首形容平岩当年生活艰苦的歌谣。那时，此地大多是盐碱地，只能种点黄豆去换大米。有时台风来袭，海水冲倒塘岸淹进来，家家住的茅草房都浮了起来。所以夏、冬两季都要花一个多月的时间，天天挖泥加固塘岸。

村民们回忆，村里经历过好几次倒塘灾难。1974年天文潮，台风来前一丝风都没有，潮水却特别大，潮水都是红的。受天文潮冲击，大部分新塘塘岸倒塌，灾后进行了整体修建。当时正值棉花收获季节，结果台风一来，颗粒无收，棉农损失惨重。于是，海塘外侧铺上了两米高的防浪石板。1997年大台风，新塘岸再次被冲垮。灾后又进行整体修建，筑成具有防浪功能的标准海塘。

建滩晒盐　饮水思源

1957年11月至1958年12月，为了响应政府提出的"赶英超美"的号召，全国范围内开展了一场全民炼钢运动。力洋胡陈钢铁厂建于宁海与象山交界的坞沙岭，1959年1月，力洋胡陈钢铁厂停办，270名工人带着数袋番薯干过来，在平岩村旁建起了四脚落地的茅草房，食堂统一烧饭。县里划出400亩塘地建盐滩让这些工人晒盐，但终因受不了饥饿，只剩下36人。其中一处60亩盐滩建成投产，另外两处盐滩未建成，后因卤淡量低改为塘地。

水是生命之源，对很多农村来说是随手可取的，但对于平岩村这样处于海塘地带的村庄而言却是奢侈品，甘甜的饮用水更得之不易。

20世纪40年代初，第一批创业的先辈们在此搭个茅棚挖个坑，就算是安了家。茅棚是躲风避雨的栖身地，坑里挖出的泥土筑泥墙，坑里的积水就是他们洗涤饮用之源。这种接近原始的生活形式一直延续了二十几年,直至1963年新村诞生,当时的72户人家还是72座茅棚72只坑(水池)。泥塘里的水浑浊咸苦,用来洗涤尚勉强,用来烧茶煮饭既不卫生又倒胃口。20世纪60年代中期,村民住宅改建,饮水和用水开始分池。池塘里的水仅作洗涤,烧茶煮饭改用天落水。

1968年"农业学大寨",对民宅基地进行规范设计,将屋前屋后的池塘填平,三个生产小组分别挖了三只大水塘,水塘里的水为村民洗涤公用,屋檐水为烧茶煮饭用水。1985年省文水台来平岩村钻探,发现平岩村有大量的地下水,因此在省文水台和公社、政府的支持下,建造水塔,铺设水管,村民用上了"自来水"。后经卫生部门抽样检查,发现地下水含铁量过高,不宜饮用,村民用水回到饮用天落水、洗涤用地下水的老路。直到20世纪90年代中期撤区并乡后,平岩村才真正用上自来水,解决了饮用水困难的问题。

植棉往事　种橘生涯

生活环境决定生产方式,农民靠天吃饭,需要天时地利,种植品种的增减去留,总在付出和收获中权衡。棉花和柑橘是平岩村人绕不开的两大经济作物。

20世纪五六十年代之前,平岩村都是盐碱地,当时的村民只能种黄豆去换大米。慈溪"移民"过来后,将植棉技术带到了平岩村。三北人克服霉涝、伏旱、秋雨和台风等对棉花生长颇为不利的因素,将河姆渡氏族先进的植棉技术巧妙地运用于当地,使棉花种植技术得以推广,产量得以大幅度提升,为宁海的地方发展做出了重大贡献。这些慈溪"移民"把"根据地"安在这儿,扎根此地50年,他乡已成故乡,留下的家乡印迹就只有一口不再流利的慈溪话了。

棉农都知道,种棉花太苦,风险也大,老天怜惜时尚有收成,台风暴雨就会使他们的辛苦毁于一旦。后来,平岩村很少有人再种棉花,白花花的棉花不再多见。在这个村庄的历史中,棉花已成为往事,但他们的创业精神却在村史中闪烁。

种植了10多年棉花后,平岩村走到了经济转型升级的十字路口,这次改变平岩村命运的是台州人。黄岩人张普森带着家人从家乡出来,行李里装着一些黄岩蜜橘的幼苗,亦如当年许多创业掘金的台州人一样,几经辗转,他们慢慢地集聚到了平岩村。1971年,张普森在房前屋后的自留地上种了20多棵柑橘。

事实证明,无论在哪个年代,适时的创新总是可以得到丰厚的回报。张普森的成功使平岩村又沸腾了,家家户户都跟风种起了橘子。那时,眼前的是橘树,放眼远眺的还是橘树,成片成片的都是橘树。村民们不断研究改良技术,提高产量。到20世纪80年代末,全村家家卖橘,家家都是万元户。平岩村成为宁波最大的柑橘基地,有"万亩橘乡"之称,也是远近闻名的家家万元户的"橘子村"。销售大户和罐头厂也为橘子打开了销路,温室种植技术、由良蜜橘和红美人品种的引入更是提高了橘子的利润,柑橘价格一路攀升,村民生活也是节节高。

康庄大道　不设围墙

要想富,先修路。平岩村的道路,从"出门脚踩牛脚塘"到"公路直达家门旁",也是历经坎坷、几经波折。

20世纪40年代初创业先辈们刚到此处时,只有一望无际的荒地,几条纵横交叉的海塘,俗称"塘路"。因牛群长年踩踏,路面留下痕迹,布满成格成行的牛脚塘。人在上面行走劳神费力,晴天勉强可行,雨天则寸步难行。先辈们在这泥泞的道路上与牛同行几十年。

20世纪60年代初,又有一批创业者到来。他们做的第一件事便是平道路、建住宅,把原来的塘岸路挖低拓宽,道路中间铺上石板,建成石板路。20世纪70年代初,力洋至胡陈港的公路通车,社员们的生活品质也随之提高。人们因地制宜,用上了手推车,骑上了自行车。为保障村民出行安全,村路再次拓宽,铺上两行石板路,中间用石子嵌缝,修成人车合一的公路。

20世纪80年代,农村经济体制改革,改种棉花为经济作物柑橘。为满足柑橘的采摘、销售和运输等需要,村路进行大规模翻修,拓宽加固,以砂、石为主要材料,建成合格的机耕路,可供拖拉机、汽车等交通工具行驶。随着21世纪的到来,平岩村村民建起了别墅,添置了轿车,村里建起了宽达6米的标准水泥路。如今,更有甬台温沿海高速公路直达家门口。

走在平岩村,除了路宽,还会发现一个"奇怪"的现象,村里几乎看不到一堵高高的围墙,宅院的大门永远是敞开的,不像其他地方的高宅深院。村民们随意走几步路,就能很快到邻居家串门。不建围墙是村里保留的一大风俗。村里规定,屋前面空3米宽的路,不打围墙,这样方便大家的出入。棉农之家,物尽其用,连棉花秆也不浪费,拉回家做烧饭之柴火。长长的棉花秆往往是一车一车地拉回家,宽敞的场地使得棉花秆能够长驱直入,无所阻挡。没有围墙的邻里关系融洽,村民们互帮互助,不分彼此。别家收的橘子、棉花秆等没地方存放,就把自家的地盘腾出来给他们存放。村里的治安也很好,甚至夜不闭户。如今,虽然不种棉花了,但古风犹存。即使有围墙,那也是开放的、很低的、栅栏式的围墙。村里规划强调,如设围墙,不能高于50厘米。

人定胜天,自然是伟大的,人类更伟大。一代代平岩人以智慧和汗水,在这片土地上谱写了自然之歌、生命之歌、历史之歌。秋高气爽丰收季,甜蜜蜜的柑橘挂满了枝头,勤劳智慧的平岩人的笑声飘荡在村头。平岩村的故事还有很多,你不妨去村里地间走一走,看满眼怡人秋色,听一曲丰收欢歌。(讲述人:戚永根 安金森 叶培华等)

2020年9月22日

话说白溪

　　白溪是一个村庄的名字，也是一条大溪的名字，是宁海最大的水系，因之而建的水库称白溪水库，是宁波人的"大水缸"。

　　白溪村原是白溪乡的所在地，地处偏僻，村庄也不大，因白溪而扬名。我在网上寻找这个村庄的有关资料，结果所获甚少。通过走访村庄，才稍稍有了了解。一个村庄的历史，无论是有形的书面记载，还是无形的口口相传，都能折射出时代的变迁。前辈们在一个村庄历史变迁中付出的艰辛和努力，需要后人们留住记忆，代代相传。纵使时光流逝，记住那些创造了时代的人，才能不割裂任何一个时代的印记。所幸，白溪人将自己村庄的历史留在了记忆中，流传在故事里。对当地掌故，白溪信用社退休的王主任津津乐道，对村庄自古而来的历史、能人故事如数家珍，说起白溪水来更是赞不绝口，满怀深情。

　　这是一个有故事的村庄。王主任从白溪走出的国共将领讲到村里的能人书生,从娄娘娘墓地的传说讲到村里三宝再到水磨板桥,从富甲一方的商人讲到白溪剧团的演员……我们一边随着村书记胡传对走访村庄,一边听着王主任的介绍。楼房新居中,总能发现散落的几处石墙瓦屋、几进破旧的四合院、几家字迹模糊的店铺号,还有几块被当作洗衣石在溪中躺着的古墓碑,无不透现着古朴与曾经的辉煌。

像其他无数个正在消逝的乡村一样,白溪村也随着时光的流逝,不断改变着村庄的面貌和生活方式。古老的东西慢慢消逝了,二十四进四合院在大火中所剩无几,高楼新居不断建起。从前是男耕女织的农耕时代,而如今全村400多户人家1300多人,多外出经商打工。始终坚守着村庄的,是溪边的老樟树,还有那青了又黄的银杏,几百年来,迎着风雨,历经沧桑,依然苍劲有力,依然枝繁叶茂。还有那些长寿的老人,年轻时有的是力气闯荡,老了走不动了,就围坐在老樟树下,目送出去闯荡的年轻人,又笑迎归来的故乡人,回想一样青春的年少时光。历史,就这样一代一代向下延续着。

白溪是浙东最长的溪流之一,源于天台山脉,穿行在高山深涧中,流经群山沟壑,源源不断,四季不竭,涓涓细流在白溪汇成江河。白溪水是生命之水,是生活源泉,流经之地物产丰饶,山清水秀。白溪地处偏僻,早前道路交通没有像现在这样便利,但水能载舟,因这丰富的水资源,连接了山里和外面的交通,使得地方经济也很活跃。水上交通繁忙时,竹排三四十张运输都供不应求。山里的竹木柴炭通过水路运往外地,然后将外地的各种物资引入白溪,市面由此兴旺。柴行米行样样有,山货运出去,生铁运回来,虾皮白鲞海品带回来,日用百货引进来,"小码头"成了"小上海"。白溪能人多,经济活,样样都走在时代前面。那时,出西门四村最有名,除了黄坛、前童和田洋卢,还有一个就是白溪。

王主任说,白溪之名含义有二,其一是水清至白,流经地区的石子都被冲刷得雪白雪白。他开玩笑说,别说孩子们在溪水里打水仗不浑,就算把西班牙斗牛拉到这里斗,也不会把清水斗浑。对于这水质,王主任有着深刻的体会。他曾在其他地方工作过,热水瓶没用多长时间就有了沉垢,但在白溪用的热水瓶,结婚40年以来都不积沉垢,光亮如镜。农夫山泉有句经典的广告语是"农夫山泉有点甜",用于白溪水也不为过。良好的水源、水质成就了口感清甜的溪水,滋养着一代代白溪人。白溪是个长寿村,近些年活至百岁以上的老人有3位,其一104岁时去世,另两位也活到102岁,90岁以上的老人也有不少。好水喝出好身体,白溪人说长寿秘方也许就在这"仙人水"。

白溪还有另一个含义,就是白溪是未利用的溪,水白白浪费了。村中流传着这样的村谣:"白溪白溪白白一条溪,田高水低缺台抽水机";还流传着另一个版本的村谣:"白溪白溪白白一条溪,田高水低用不着水,前面白溪滩,后面黄栀山,中央一片倒屋爿。"这些带着时代印迹的顺口溜带点夸张和调侃,但也反映了白溪村庄在某些历史时期的状况和问题。后来,白溪村民以他们的勤劳智慧,从上游溪流中截流,沿着山脚岩石人工凿出水渠,绕过一段长长的山弯引水进村,带来清冽的溪水。白溪人创造的"红旗渠",滋养着白溪世世代代的村民。

白溪水源远流长,直流无碍,水流湍急,流水量大。白溪水以它的宽广厚大养育着宁海西路人民,也以它的急剧汹涌考验着人们。"七三〇"水灾时,白溪水泛滥成灾。和很多遭遇洪灾的村庄一样,白溪因洪水的洗劫,村庄受灾严重,陷入"辛辛苦苦三十年,一夜回到解放前"的困境。21世纪之初,白溪水库建成,将丰富的水资源加以储蓄和充分运用,又防洪又供水、又灌溉又发电,造福于民,恩泽众生。高峡出平湖,九曲十八弯,白溪的上游更以"浙东大峡谷""天河生态风景区"的美名远扬四方。

"水缸"之大,不谈数据,我有亲身体会。20年前,老校长童国健带着宁海电大普专班的学生去参观正在建设中的白溪水库,我有幸看到了蓄水前的水库。站在水库边,看到水库底施工的工人渺小如虫蚁,可以想象到蓄水后的水库之深。蓄水之后,我也曾有幸坐着快艇畅游过浙东大峡谷,巍巍青山,悠悠碧水,美不胜收。如今库区已禁开游船,我们再也没机会坐船畅游了,白溪水库成了真正的"天河"。此水只应天上有,白溪水,真正绿色无污染的好水。

如今,白溪水净如银练,白溪村则如处子般静美,风景如画的村庄俨然如世外桃源一般。回溯历史,时光漫长,山岚水韵轻轻地摇曳着岁月枝头的静好，也弥散着古村幽幽淡淡的馨香。流年走过，风流过往，时空交错，生活在这里的人们，在岁月的年轮里写下了属于他们的安静和从容。（讲述人：王成飞　胡传对等）

2020 年 10 月 31 日

石头村的致富路

天下旅游,宁海开游。宁海是游圣徐霞客游记的开篇处、全国十佳生态旅游城市之一、首批国家全域旅游示范区,全县各地各显神通,各显特色,吸引来自四面八方的游客。许家山,一个距宁海县城近二十千米的石头村,缘何在宁海众多的旅游景点中脱颖而出,成为乡村旅游的热门?

许家山是宁海县茶院乡许民行政村的一个自然村,由南宋末年右丞相叶梦鼎家族后裔从宁海胡陈避乱迁徙至此建村。因地处高山,交通不便,村民就地取材,房屋和街巷全部由玄武岩建成,石板颜色呈青铜色,也叫"铜板石",形成别具特色的建筑群。由于交通闭塞,经济相对落后,有钱有能力的村民都想方设法往山下和城里去发展。留在村里的人们保持农耕传统,日出而作,日落而息,过着自给自足的生活。

随着经济的发展,人们的生活水平不断提高,一边是城市进程化加快,一边是经济条件较好的村庄开始开展新农村

方秀英/摄

建设、旧村改造,追求现代洋气,千村一面,很多古建古迹也随之被破坏。所幸专家的呼吁、政府的重视和地方有识之士的保护使得许多古村落建筑得以被保护起来、保存下来,许家山石头村也因此受到了保护。保存是基础,发展才是硬道理。点石成金,化绿为银,才使得一个默默无闻的"空心村"变成了远近闻名的"石头村"。

传承保护,挖掘石头文化,点石成金

与宁海的其他乡村比,许家山村内钢筋混凝土的房屋很少,住宅多采用石木结构,"铜板石"石质天然,色泽古朴,质感厚重，是上好的建筑材料。房屋不着粉饰，巧妙排列，自成风景。整个村庄，处处皆是与石相关的元素：石屋、石巷、石墙、石院、石子路、石板桥、石板凳、古石碾……是宁波市内现有建筑群规模最大、保存最完整的石屋古村，也是浙东沿海山地石屋建筑群落的典范。其原生态的建筑、文化和巷道等，成为原始山村生活的活化石。这样的独特建筑不容易找，保留着历史的印迹，就像古罗马时代的废墟，是不可复制和再现的。

村庄不仅保存着完整的石屋古村资源，同时还延续着传统的生活方式，炊烟袅袅、鸡犬相闻、荷锄归牛……走进村落，犹如穿越时光隧道，来到世外桃源。生活在这里的人们制番薯粉、烧番薯酒、捣麻糍年糕、做农嫁十二大碗，村庄的空气里都是米饭香和酒香。宗祠、家庙、古戏台这些传统文化资源也保存依旧。一个石头的世界，一个烟火的人间，有传统味，有年代感，有历史，有文化。旅游是一种心灵的体验，总要有一些东西打动游客，才能吸引游客。许家山的原始自然和历史文化触动了很多旅人的内心。这里不做作，不伪装，适合怀旧，适合寻根，是满足人们体验农耕、回忆童年、品味乡愁、回归自然的好去处。

石头村的"石"能成"金"，不仅在于它保留了独特的石头村建筑，更在于将石头村内在的历史文化挖掘出来，让这里的石头能说话，会讲故事，有情怀的"石头"才有了生命力和活力。在这里，石头向人们诉说着历史与坚守；在这里，人们可以尽享原生态的田园风光,欣赏大自然的恩赐,呼吸新鲜的空气,体味石头村的民俗风情和农家美食,远离喧嚣都市,涤去尘世烦恼;在这里,人们感受自然,体验纯朴,让身心得到完全放松,诗和远方触手可及。

协作创新,助力乡村旅游,化绿为银

传统古村落不应让贫穷与美丽共存,让古村落活起来、热起来,才能更好地传承与发展,许家山的古朴原始也是努力维护的结果。十多年前,这个古村落没有一条像样的公路,石屋破败,背井离乡、远走高飞的村民越来越多,石头村也沦为"空心村",只有老人驻守着。时任村支书叶全奖在守护传统石屋文化的基础上发展乡村旅游,带领村民探索出一条生态自然养民、文化旅游富民的新路。

绿化美化山坡村落环境,整治村庄脏乱死角,老屋保留原貌修旧如旧,鼓励村民搞农家乐,引进专业规划公司,通过网络平台宣传推广……在村干部的引领带头下,石头村经过一番打造,化腐朽为神奇,古村旧貌换新颜。即便只保留少数断墙残垣,也尽显历史沧桑,转角处也有山花怒放,又显灿烂生机。许家山以其深厚的历史文化底蕴和原始的风貌遗存,获评首批中国传统村落、中国历史文化名村、国家AAA级旅游景区。

许家山践行"绿水青山就是金山银山"的发展理念,将村落保护与乡村旅游开发相结合。当乡村旅游带动了许家山的人气之后，无疑也带动了消费，促生了商机。与很多乡村景点纯游无处购物不同，许家山在这方面也下了不少功夫。他们引进高端民宿、休闲餐饮、水果采摘、传统文化体验、特色民俗体验等旅游业态，形成集文化交流、疗养度假、山村体验、户外运动、娱乐购物等功能于一体的山村休闲旅游区。

一批高端民宿、度假酒店、房车露营基地等项目抢滩许家山村周边，筑好"黄金巢"，以引"金凤凰"，安茉心宿、斑马家等民宿入住率高，特别是节假日都爆满，一床难求。人们喜欢仰卧露营房车，体会"手可摘星辰"的感觉；喜欢身居高山旷野，晨闻鸟语花香，坐看云雾缭绕，看得见山，望得见水，慢慢感受乡愁。富有石村特色的酒吧、餐厅等休闲场所逐渐成为游客新的打卡地。盘活老房子，稍加修缮，彰显艺术格调，便能发挥新功能。

驻村艺术家叶君维将老房子整修改造成了月香馆，打造传统文化体验基地。柯凯浩创建石村瓷坊，手把手地教游客体验制陶。在外地办厂做生意的村民回村创业，年轻人返村的也越来越多。农家乐开了一家又一家，游客吃农家饭之余能体验山村民俗，比如捣乌饭麻糍，学做番薯面，领略田园风光之余，能体验农事乐趣。村庄建起大型购物中心，并构建"周常态服务＋月特色活动"的党群服务体系，将实地销售与网络营销结合，帮助村民将山货带出村庄，销售番薯面、枇杷花茶、土蜂蜜和笋干等百余种本地特产。

许家山吸引着各地游客，成为城市人的度假天堂、诗和远方，特别是五一、国庆长假等节假日，许家山都人山人海。乡村旅游带热许家村经济，全年吸引全国各地游客达六十万人次。人气即财气，他们将契机化作商机，将原始的石头古村落融入许多新现代元素、文艺元素，古朴中透出新意，新旧融合，各具特色，吸引各种人群，让游客玩得开心、吃得称心、住得安心，同时可以放心购物，满载而归。许家山通过乡村旅游赚得盆满钵盈，村民人均年收入从十多年前的两三千元上升至如今的三五万元，不仅村民的腰包富了，村集体的收入也增加了，曾经岌岌可危的"空心村"，如今变成了远近闻名的"石头村""艺术村""致富村"。

谈到未来发展，村书记表示计划以许家村为基点，将现有的旅游路线继续延伸扩展，继续推进基础设施建设，丰富文化旅游业态，新建游客集散中心、小庵新村精品酒店、汉服扎染体验馆等项目，引进浙大宁波理工学院设计学院等高校专家，探索艺术振兴乡村的许民村路径，用艺术扮靓乡村、赋能乡村，进而振兴乡村，使其他村庄也火起来，使旅游更旺、人气更高，从而达到共同富裕。

点石成金，化绿为银，许家山的乡村旅游致富路将越走越宽。

2021 年 12 月 18 日

国庆假期的葛家村

艺术振兴乡村,是宁海实施乡村振兴战略的一大抓手。宁海县大佳何镇葛家村离县城26千米,是有着600多户人家1600多人的大村,由于地处交通末梢,所以以前少人问津,隐于濒海的群山里。2019年4月,宁海开展艺术家驻村行动,中国人民大学艺术学院副教授丛志强团队在时任宁海县委副书记李贵军的引荐下进驻葛家村,盘活乡村闲置空间,或办家庭展馆,或搞民宿农家乐,或设体验基地,经过数月打造,整个村庄大变样,走到哪里都是浓浓的艺术气息。

艺术赋能乡村,葛家村扬名全国,成了远近闻名的网红村,引来无数游客前来参观、打卡。经过人大艺术团队的一番打造,村民们经验丰富了,干劲更足了,村子发展更快了。丛志强副教授(村民们口中的"小裤脚教授")来了之后,葛家村便一发不可收了,前后收获国家AAA级旅游景区、全国乡村旅游重点村、浙江省级美丽宜居示范村等荣誉,来村里投资和入驻的项目越来越多。

国庆长假,游客一天比一天多,村书记葛万永和村民们忙得不亦乐乎。童趣娱乐园、桂溪休闲广场一带很多游乐项目都爆棚了!竹筏供不应求,排起了长长的队伍;竹筒饭早早卖光,没吃到的游客还在沟通能否想办法再做一些;陶艺体验处一人一座,很多小朋友苦于无位无泥可玩……葛书记一会儿在溪边竹筏处叮嘱工作人员做好排队疏导和安全工作,一会儿去竹筒屋和陶艺馆了解情况,强调提前做好接下来的迎客服务工作,尽量让游客们玩得开心,不留遗憾。

虽然忙得团团转,连说话都顾不上,但葛万永脸上写满了笑意,他边走边介绍。自从丛志强副教授团队来了村里之后,葛家村从头到尾来了个"变形记"。他们因地制宜,发挥村里能工巧匠的积极性、主动性和创造性,引导村民就地取材,以最经济的成本,利用竹子、石头和废布等农村随手可得的东西,变废为宝,做出各种人文景观,比如用竹子和石头做的"人大椅"、竹子做的彩色风铃、竹子造的特色小屋、布贴特色的展馆……每天游客络绎不绝,有来参观村庄建设、感受艺术气息的,也有来旅游住宿、体验农家生活的,特别是节假日人气暴涨,带热了民宿、餐饮和娱乐等地方产业经济。

石门溪边的活动体验基地更是成了假期出游的首选。国庆期间秋高气爽,比起商场里游乐园的密闭空间,这里蓝天白云、青山绿水、空气清新、鸟鸣花香,更是惬意。这里的游乐项目很丰富,很受欢迎,陶艺体验、烤竹筒饭、踩高跷、玩竹筏、浑水摸鱼、河边烧烤……小朋友们玩得起劲,大人们也撸起袖子踩起儿时玩过的高跷来,蓝天下、绿水边,欢声笑语一片,大家忘了天热日晒。

艺术赋能乡村,使得葛家村这样普通的乡村名利双收,真正活起来、美起来、富起来。这位上任不久的村书记,如今也成了乡村振兴的专家,曾经带着10位村民走上中国人民大学艺术学院讲台分享经验。他说,目前还只是少部分村民先富了起来,接下来村里要引进和开发更多的项目,提供更多的就业和创业机会,发展集体经济,使全村村民共同富裕。他们谋划再扩建一个40亩的活动体验基地,以满足游客的需求,同时增加村民的收入。葛家村还是桂花小镇,今年桂花开得迟,往年这时很多人也会闻香而来,等气温下降后欢迎大家再来看桂花。他邀请大家去村里走走,村里更有看头。

走进村里,浓厚的乡间艺术气息扑面而来,忆耕馆、仙绒美术馆、和美院、贝壳园……这些报道里出现过的景点一一在眼前完美呈现。这里的村民都非常热情,很多院子都是敞开的,游客经过,主人会热情相邀,纯朴亲和如家人。以"桂语X号"命名的民宿多是宽宅大院,景致宜人。

走进"大伯箬帚店",新割的箬帚草堆满了院子,70多岁的葛崇勇老人正坐在院子里扎箬帚。他是老党员,曾在抗台工作中表现突出,受到过政府嘉奖。如今他年纪大了,生病花费了很多钱,但他不想开口求助政府,靠扎箬帚艰难度日。丛副教授知道情况后,给他打造了这家"大伯箬帚店",

并帮助拓展销售渠道,原来要运到市集上卖的箬帚,现在就地解决了。很多单位和个人知道这个事情后,都纷纷上门来,好心扶助购买,给的价格也比原来高了些,可以卖到20元一把了,一年赚三四万不成问题,基本能满足他的日常开销了。他说有政府的帮助,他凭自己的手艺挣钱过日子,心里踏实。他还说屋旁的那条路,原来是脏乱差的典型,现在也四通八达了。

走进"萬家供销社",这里不同于村里的各景点,看上去破破旧旧的,不像现在的超市光鲜亮丽,像回到了20世纪七八十年代的供销社,黄跑鞋、大铁锅、锄头……都是以前熟悉的物件。店主是一对老夫妇,和村里的其他人一样热情,又是端凳又是倒茶。他们说,村书记叮嘱每一户村民要热情待客,人人当好主人翁,接待好每一位来客,让客人对村里留下好印象。聊起天来,才知道这位70多岁的白发老人原来是研究地方文化的前辈葛云高老师,他捧出了主编的《正学故里大佳何》一书相赠,并讲述起这方水土的地理人情,如数家珍。葛师母也很健谈,她讲述了丛副教授是怎样谈艺术搞乡建的,还自豪地拿出和丛副教授等人的合照。她还说,李贵军副书记是好领导,心里装着百姓,真正走进群众队伍,一心想着让百姓生活富起来,调到宁波后,还五次来店里看望他们。

当初的葛家村,无论在自然人文环境还是经济状况上,都不是很突出,却收到了如此惊人的成果。时任宁海县委副书记的李贵军说:"如果能把这个经验复制出去,中国的农村会很美,很浪漫。"经过两年的努力和探索,葛家村真正成了全国各地农村建设学习的基地,"葛家军"也当起了艺术振兴乡村的"专家",近的有与前童镇鹿山村签约共建,远的有与贵州省定汪村交流互访,还有四川省普格县德育村村民组团来葛家村学习……定汪村的布贴还在墙上挂着,彝族文化特色小院围墙外新画的墙绘人物手舞足蹈,富有民族特色和节日气氛。

葛家村的艺术振兴乡村实践经验让大家赞叹,优势互补、共同富裕的理念更是紧跟时代,相信葛家村的明天会更美好,中国乡村的明天会更美好。

2021 年 12 月 20 日

大樟树下议事

不管什么时候、什么年代,你为百姓踏踏实实做点好事,老百姓都记得你。

在宁海县前童镇大郑村党群服务中心会议室的墙上,在村庄各处显眼的地方,都刻着以上这句话。这是在2006年9月14日那天,时任浙江省委书记、省人大常委会主任的习近平前往宁海县前童镇大郑村考察调研时,向村干部们叮嘱的一句话。

在那里,他说起了三十多年前自己担任村干部的时光:"那时村干部的主要任务就是带领大家搞好生产。现在时代不同了,村干部肩上的担子更重了。"然后,他语重心长地对村干部说:"但是不管什么时候、什么年代,你为老百姓踏踏实实做点好事,老百姓都会记得你。"临别时,他还与村民代表在康乐亭前合影,祝愿大家生活"康康乐乐"。当年开座谈会时,坐在他身边的葛为民如今已经七十多岁了,回忆起这段往事,还是无比激动、无限怀念。

十多年来,大郑村人谨记领导的亲切关怀和殷切期望,努力创建美丽宜居的和谐乡村。自从2006年村庄创建全面示范小康村以来,改建村办公楼,完善党员活动室、村老人协会活动场地、远程教育站、计生服务室、读书阅览室等,建设体育健身场所,改善村庄道路和公厕建设,改造月带河,建成文化礼堂,设礼堂、讲堂、文化长廊、图书室、活动室、篮球室和文化公园,建成新时代党员干部学习馆,传承红色基因,打造红色教育基地。

与此同时,大郑村还积极与中国人民大学艺术学院、中国美术学院等高校合作,村庄艺术氛围越来越浓,如可见五彩幸福路、乡建工作室、月带咖啡屋、"平语近人"长廊、"36条"墙、"移天驿地"绘画墙、集士驿站、村前屋后树桩盆景……大郑村以艺术振兴乡村,以红色氛围强化思想,推动党建与乡村振兴工作深度融合,着力打造一个党建为引领、艺术为切入、产业为核心的艺术振兴乡村大郑模式。

通过大家的努力,村庄基础设施大幅提升,绿化加强,面貌焕然一新,产业兴旺发展,先后获得省级AAA级景区村庄、省级美丽乡村特色精品村、浙江省善治示范村、省级引领型农村社区等荣誉,成了远近闻名的美丽乡村。

行走在大郑村的五彩幸福路上,能感受到乡村清新的空气和风,无限惬意。国庆期间,谁家院落的柿子红了,果实沉甸甸地压满枝头。一处老屋院落,多年失修,断墙残垣,是计划开工的年代广场。

村口,整治月带河水环境、登山步道工程正在紧锣密鼓地进行中,背倚马鞍山,村绕月带河,绿水青山美景再现眼前。樟树底下,不仅有人在这里乘凉,干部群众还在此聊家常、议村事。大樟树枝繁叶茂、生机勃勃,见证着树下行路人的成长,也见证着村庄的发展。

康乐亭前,不仅有人在这里休憩,村民、路人还在此忆过往、谈未来。亭子的设计建造者、主要发起人之一葛为超已八十多岁,仍踌躇满志,述说着当年如何和时任村支书的葛主产商议全村筹资建造这一亭子,如今祠堂旧了,他把图纸都设计好了,就等着筹资修建了……

大樟树下议事,康乐亭前谈心,一幅幅美丽动人、和谐共融的乡村画卷正在大郑村徐徐展开。

2021 年 12 月 14 日

锦绣花园

梅林街道花园社区，为全县第一个转社区的农村，不仅是远近闻名的富裕村，也是习近平总书记"两山"足迹所至的地方。2003年9月23日，时任浙江省委书记、省人大常委会主任的习近平到花园村考察，他简要听取了花园村党委书记赵国行的汇报，实地考察了村容村貌，边走边看边了解村庄情况，当得知村集体可用资金1200万元，年收入百万元以上，农民年人均收入9000多元时，他不断点头表示满意。在花园村的中心花园参观时，习近平还详细询问了绿化投入、环境卫生和体育设施等问题，对花园的新农村建设表示肯定。

现任梅林街道花园社区党总支书记李伟东谈起当年的情景，记忆犹新。他说，习总书记在花园村重点强调了三句话，这三句话刻在花园村的墙上，也铭记在党员们的心里：一是班子要团结；二是要发展壮大集体经济；三是把每个村都建成花园，那么全省就是大花园。李伟东喜欢把最后这句话简称为"大花园理论"。他认为,这和习总书记之后在安吉余村所讲的"绿水青山就是金山银山"的理论是一脉相承的。花园村人牢记习总书记的嘱托,这些年狠抓实干,将村庄建设得越来越美,村民生活也越来越富裕了。

幸福像花儿一样开放,花园村的美好生活写在村民们的笑脸上,也呈现在他们的居住环境里。花园村虽是千年古村,但他们进行了旧村改造,处处展现的是新农村景象,处处透露出城市气息。道路宽敞整洁,菜场商场生意兴旺,车来人往川流不息……走在花园社区,一幢幢小别墅漂亮洋气,门里门外绿树红花相映,仿佛置身于大花园。真是名副其实的"花园村"呀!近城区又有宽庭豪宅,羡煞大家了。

花园社区办公大楼建成于2000年,一楼多用,内设办公室、会议室、书画室、健身房、图书室和居家养老服务中心等。作为总书记曾到过的村庄,这里的村史馆多了一份红色印迹。展板上的历史影像和文字,呈现出红色力量引领下的花园社区发展路径。

村史馆展板上的一组数据很是引人注目。2003年,习总书记来前的集体经济收入240万元,已经是习总书记感到满意的数字,农村有这么多的集体收入挺不错了,2018年集体经济收入达386万。李伟东书记说,争取5年内达到500万元,如果没有集体经济,一个村庄要发展就很难。早在10多年前,李伟东便担任花园社区副书记。10多年来,他和班子里的其他成员一起,脚踏实地,一心为民,带领群众建设美丽花园,在平凡的岗位上默默奉献。担任党总支书记一职以来,他继续遵循老书记的理念,注重村庄建设,大力发展集体经济。

花园村的集体经济给村庄建设带来了保障,也给花园村民的生活带来了福祉。花园村设有教育奖学金、养老金、关爱军人等制度,给村民的生活增添了人情温暖。李伟东书记介绍,花园社区年终分红,每位居民能分到一至两千元,花园村1200多人,按人头分,娃娃一出生即有。60岁以上的老人有200多位,村里给他们另加每月100元的养老金,重阳节还给每位老人发500元的红包,对于老党员、困难户也不忘关心送温暖。花园社区注重教育,设置奖学金激励居民培育子女,高中考入宁海中学的奖励5000至10000元,大学考入清华、北大、浙大3所大学的优秀学子则奖励最高达50000元。花园社区的福利让居民们感到了幸福和温暖。

花园不是一个"独乐乐"的地方,"处处是花园"是花园社区的心愿。2021年春,李伟东书记被组织部选送至宁海电大就读农村区域发展本科班。这是组织部在全县村干部中挑选出来的第一个本科学历提升班级。这个班的很多同学也和他一样都是兼书记、村主任和经济合作社社长三职于一身的乡村振兴领头雁,在村庄管理上他们有很多话题和问题可以一起交流。他盛情邀请班里同学来花园社区参观,也毫不吝啬地向大家分享"花园经验"和"大花园理论"。他们一起探讨如何让资源不强的偏远乡村加快发展,增加集体收入,

方秀英/摄

带动村民集体致富,实现共同富裕;探讨如何推广"大花园理论",实现宁海乡村优势互补、资源共享、联动发展;探讨如何将理论与实践结合,用数字赋能乡村……

我们都是逐梦人,温饱梦、小康梦、振兴梦……花园人在绿水青山间描绘了一幅不断追梦的乡村振兴现实画卷。如今的花园,不仅是景美宜居的花园,也是生活美满的花园,更是心灵栖居的花园。希望这样的花园越来越多,处处都是大花园。

2021 年 12 月 15 日

追梦山水间

在深甽镇柘坑戴村口，有个"时光小卖部"，左右两侧的墙上有两幅彩绘，分别绘制了旧村改造前后柘坑戴的村庄变化：一面墙上描绘的是 2000 年 6 月的村庄景象，一面墙上描绘的是 2018 年 6 月的村庄景象。一段时光，一种景象，时光流淌，山村巨变。再往里走，会发现一面面习总书记"两山足迹"的彩绘墙和一排排漂亮的红瓦房。"习总书记当年就是按这条线路走的。"老党员戴苗胜在时光小卖部前，自豪地讲述着习总书记当年来村的情况。

柘坑戴村地处宁海县深甽镇西北端，离县城 35 千米，北邻奉化。据说原名"遮溪"，因村中树木繁茂，溪水隐于林木中，流至眼前方知有溪。"溪"在宁海方言中称"坑"，且此地竹木茂盛，故后改名成"柘坑"。又因戴姓居多，故称"柘坑戴"。

2003 年 9 月 23 日，时任浙江省委书记、省人大常委会主任的习近平到柘坑戴村考察。他视察了村庄建设，深入百姓家,与村民拉起了家常,向他们询问经济收入及村班子的情况,希望村党组织增强凝聚力和战斗力,通过努力全面改善农村生产和生活条件,带领老百姓住上好房子、过上好日子。他关注村务公开栏,仔细查看了村财务、政务公开情况,并在村务公开栏前和市、县、镇、村干部进行了合影留念。他对村里公开、透明的工作方式给予了肯定,并要求大家继续严格规范各项程序,让村里的重大事项决策依法有序。他对柘坑戴的新农村建设给予充分肯定,嘱咐新农村建设应从实际出发,统筹规划,因地制宜,不能千篇一律,指出要保护好这里的绿水青山,壮大村集体经济和村民致富的重要资源。他希望柘坑戴村做好"千村示范、万村整治"工作示范带头作用,努力在建设美丽乡村中继续走在前列。

18年来,柘坑戴村全体党员、群众牢记习近平总书记的嘱托,以"千万工程"为抓手,秉承"绿水青山就是金山银山"的理念,在这片热土上辛勤耕耘、挥洒汗水,编织着一个又一个梦想,实现了从温饱梦到小康梦再到振兴梦的发展目标,在这绿水青山间描绘了一幅幅不断追梦的乡村振兴画卷,走出了一条具有山村特色的发展道路。村庄先后荣获省级全面小康建设示范村、省级引领型农村社区等多项荣誉称号。

柘坑戴人把习近平总书记的"两山足迹"绘在墙上,也将"两山理论"实践在生产建设上。村庄以培育农村发展新动能为主线,发展壮大茶叶、竹笋、水蜜桃和花卉苗木等产业。竺兆英,曾是全国三八红旗手,当年是她带头开始柘坑戴的旧村改造工作，柘坑戴村200多户人家，早在2005年左右，90%以上的村民就住上了崭新的排屋，现在她又带着村民走共同富裕的道路。严光明，宁波金海晨光化学股份有限公司董事长，先后为村庄捐资600余万元……村里人各施其能，有钱的出钱，有力的出力，有思想的出计谋。

"人民群众需要什么，我们就做什么"，这是习总书记来村里调研时强调的，也是柘坑戴村党支部的努力方向。在新形势下，柘坑戴人一方面践行"两山理论"，推进绿色发展，以发展茶产业、桃产业和竹产业为目标，利用直播卖货新兴业态和"集市驿站"新渠道，将村庄农产品带出去；一方面发展红色经济，深化农旅融合之路，以习总书记走过的路线为主线，形成一条可看、可听、可忆的红色体验之路，推动村庄建设，提升村庄环境，建成主题广场、说事堂、议事堂、求是堂、追梦亭、初心廊和党建长廊等增添红色文化氛围，将村外游客吸引进来。未来，他们将着力打造"五彩柘坑戴"，除了红色党性体验区、绿色农事体验区，还将建成蓝色运动休闲区、金色素质拓展区和古色文化展示区。

山边，立着一块刻有"追梦·山水间"的牌子。追梦山水间，描绘新画卷，这是勤劳智慧的柘坑戴人的信念和信心：我们都是追梦人，撸起袖子加油干，再过20年，又是一番新景象！

2021年12月16日

秋来榧坑

走过不少乡村，钟情的也不少。榧坑我去过多次，那是桃花灿烂的春天，寒风凛冽的冬日，艳阳高照的白天，虫蟀叫鸣的夏夜。每次去，是不一样的风景，却是一样的亲切。买过鲜嫩可口的笋干笋鲞，吃过现杀现炖的竹林鸡，看过绿果满枝的香榧，不厌山高，不嫌人少。但还是第一次赶上香榧采摘节，另是一番龙腾狮跃庆丰收的秋收场面。

10月15日早上7点多，民协一行人随黄坛镇干部出发去榧坑。霜未降，叶未红，山色青绿转初黄，不到山野里，怎知秋意渐浓，见秋色渐渐丰富起来了。车子在青山竹海间盘旋而上，黄坛水库、西溪水库擦肩而过，那一汪又一汪的秋水绿得招眼，要不是赶时间，都想停停走走。同行的伙伴有些没来过，看着满眼绿水青山，一路赞叹着，全然没在意山路十八弯转来转去。这样的山路对新手来说是个考验。前些年我刚学会开车时曾带着父亲到黄坛水库边上转过，父亲说从水库往里进去就可以到他年轻时做手艺的双峰榧坑。看他很怀念,我就说带他去看看,父亲很开心。但因为下雨多雾,越往里开视线越模糊,过了西溪水库就有点不敢再往前了。父亲知我胆小,就叫我别冒险了,以后有机会再来,但再也没有陪父亲去榧坑的以后了,斯人已去,此念茫茫。

从平地到峰顶,经留五扇、横坑过中央山,途经山村,我已不陌生。我听过留五扇历经沧桑的村名故事,感受过弘杨小年节庆时横坑四合院的热闹氛围,夜宿过虫蟀鸣声伴枕的中央山民宿行深客栈,走过崎岖狭窄的双峰古道。每经此途,我都会想起父亲,想象当年青壮的他,如何背着沉重的器具行李离开家乡,夏经酷日,冬时踏雪,翻山越岭,历经沟坎岭壑,饿了吃口麦饼单,累了喝口冷水,朝发夕至,吃百家饭,干百家活。由于交通不便,他一干就是半把一年的,以至于回到家我都不认识他了,躲到隔壁姨妈家说家里来了打生客。

从峰顶走到谷底,就到了目的地。双峰榧坑,离县城约三十千米,为原双峰乡政府驻地,因北有鸡冠峰,东南有野猪峰,双峰对峙而得名。榧坑村深藏在高山里,坐落在群峰夹峙的深山谷地里,依山傍水,西通天台,北临新昌,大松溪穿村而过,溪水充沛湍急。溪上的"万年桥"是首个招牌,修建于清乾隆年间,就地取材,由高山乱石堆砌而成,是浙东地区跨径最大的单孔石拱桥,取名"万年桥",祈愿石桥固不可摧,留存万年。

万年桥位于村口,是行人的必经之地、打卡必去点,也是我们此次活动的集合地。莫道人行早,更有早行人,万年桥上早已人来人往,网友"美食搬运工"早早地站在万年桥上挥手招呼。这是又要给榧坑村民带货了吗?他说,今年榧坑香榧丰产,希望能帮村民们卖个好价钱。桥下,舞狮舞龙队蓄势待发,各路人马陆续到位。佳艺琴行的老师们,正在忙碌地布置专场,要以古筝助兴。在这高山流水之间,弹奏一曲《高山流水》,最应景不过。趁活动还没开始,我们沿溪行走,或在银杏树下观景,或于碇步桥上行走,或在桂花树前闻香。流水潺潺,溪清见鱼,鸭子畅游,这边还沉浸在玩水的欢乐中,那边锣鼓已喧天,仪式马上开始了,我们赶紧折回。

　　只见鼓乐舞龙在先,汉服装扮的人们紧随其后,队伍穿过田野,拜过庙宇,走过村庄,爬上山坡,齐聚在"千年榧树王"下,第二届黄坛镇抱孙果(香榧)开摘节仪式就这样热热闹闹地开场了。仪式很隆重,舞龙舞狮、司仪主持、祭文祭祀、青果开采、喜袋分发,整个流程满满的仪式感,是欢庆,是感恩,是祈愿,是承继。舞龙舞狮的是黄坛中学的学生,舞得像模像样,也是非遗传承进校园的成果展示。

　　仪式结束,在村里随意行走,见到最多的就是香榧,大家都忙着摘榧晒榧。榧坑因榧多而得名,原为木榧,后从诸暨引入香榧嫁接改良。如今,双峰已成为香榧种植基地,"双峰香榧"品牌已在市场打响。现在榧坑家家户户有香榧,如我们村里家家户户有茶叶。路边、溪边、山边,凡能晒的地都晒上香榧了。秋阳甚好,大家都是手里忙着活,脸上笑成花,仿佛晒的是金果果,晒的是美好生活。

一老人肩扛山上摘来的一袋青榧,小心翼翼地小碎步从山上下来,看上去年纪挺大了,我们说替他一肩又不让,便跟着他进了四合院。他放下果子,坐在竹椅上,谈笑自如。邻居说老人家九十多岁了,是村里最年长的,活干惯了,不愿闲着。

晒场上,晒着一大片一大片的香榧,几位妇女戴着遮阳帽在翻榧,我不由赞叹:"你们家这么多香榧呀!"一位妇女笑笑,不以为然:"这就叫多呀,我家还有更多呢!今年年成好,我们家应该能收个一两万斤,那边大姐家比我们家还多。"眼见为实,她热情地拉我去看按采摘时间堆沤的不同批次香榧,连包装盒都带我去看了。她有点抱歉地说:"我们家榧还没炒,不然捞些给你尝尝。"还很热情地留我在她家吃饭,另一家老奶奶也很热情地站起身来叫我吃了再走。对一个素不相识的路人都那么热情,难怪父亲以前老说山里人都很客气,穷时便好客,富时更是大方了,山里人的古道热肠最暖人心。

继续前行,看到一对老年夫妇正准备担着香榧去清洗,民协胡永伟老师和视频号"宁海好哥"博主问他们香榧收成如何,两位老人说一年三两万没问题,加上春来笋干的收入也不错,够他们花了,很是知足。"宁海好哥"严老师便拍起短视频替榧坑香榧吆喝。在香榧集市上,我们尝到了秋天的第一颗香榧,松脆弥香,欲罢不能,同行的老师们便开启了买买买的节奏。摊头不少,买客也很多,还有美女主播在直播带货,甚是热闹。

到溪边,又看到了这对老夫妇,他们正蹲着洗香榧。我就趁机向阿姨打听,是否认识当年在这儿做花眠床的师傅。很凑巧,她刚好和我父亲同龄,说有印象,他帮他们家也做过,让我带他来玩,一听他已去世,不免叹惜,便邀我母亲来走走。她老伴九十岁了,看上去一点也不像高龄了,精神很好,手脚很活络。阿姨说,多走走多干活身体硬朗。"美食搬运工"一边帮老人洗香榧,一边现场直播带起货来。

仪式结束,我们参加了文化研讨会。黄坛镇政府很重视香榧品牌建设,在葛军伟书记的主持下,大家以打造榧坑香榧品牌为核心话题,从香榧的历史、成长、果实和木材等方面展开文化研讨,各抒己见。香榧是喜果,从开花到成熟需要三年。因此一棵香榧树上会出现三代同聚的现象,如爷孙三世同堂,因此又被称为"抱孙果"。它深受老百姓喜爱,被寄予子孙满堂、人丁兴旺的美好愿望,每逢结婚等重大仪式,总少不了香榧。香榧也是共富果,小小的果子给村民带来了大大的收获,让他们过上了衣食无忧的小康生活。很多人家城里有房,回村有车,奔走在城乡之间,致力家乡振兴,带领村民共富。有勤劳热情的人们,有政府部门的重视,有香榧品牌的唱响,有各界人士的助力,有四时美丽的风景,相信榧坑的明天定会越来越富裕,越来越让人向往。

来时朝阳初上,转眼已是斜阳夕照。四合院没看够,老故事没听够,好风景没拍够,时间不够,只能下次再来。柿已红,银杏叶未黄,下次带上母亲再去,去看万年桥、千年香榧、金黄银杏,去尝刚出炉的香榧,吃喷喷香的海苔夹心黄坛麦饼,去赴那位阿姨的约,看看和父亲曾经有过交集的人们,聊聊关于父亲的那些往事。正是那时那地,父亲让榧坑箍桶人用香榧木做了个粉甑送给母亲,它是母亲和粉的必备家生,五十年来一直带在身边,不离不弃。

秋天,一定要再去一次榧坑。

2023 年 11 月 1 日

花开东山,桃出中堡

——宁海县胡陈乡中堡溪村的"甜美"事业

桃花三月,花漾胡陈。东山桃园桃花灿烂,游人如织。

西翁村的"桃小七"卢学伟一大早就忙开了。他是返乡大学生,创立了"桃小七"水蜜桃品牌,还是宁海县非物质文化传承基地胡陈麻糍文化体验馆的负责人。他要去赶桃花节,参加共富市集,展销胡陈麻糍,并受邀参加今天的"共富工坊"授牌仪式,还要回体验馆接待一批又一批的麻糍文化亲子体验团队,真是分身乏术。

3月24日,第十四届宁海胡陈桃花节在西翁村对面的东山桃园里举行启动仪式,主题是"多彩致胡陈 共富向未来",节目精彩,活动纷呈。仪式推介了公益助农、文旅IP、乡村旅游和乡贤回归等创富达人,也推出了小番茄基地、莲月湾莲藕产业园、麻糍体验馆及永和天空飞行公园等共富工坊。桃园里,有传承宋韵文化的汉服游,真是"人面桃花相映红"。

绿道上，有运动健将健步如飞，在这浪漫春日里尽享全民健身的快乐。熊小米乐园里，游玩人群川流不息。共富市集上，各地非遗、文创、旅创和农特产品汇聚，吸引了许多观光客流连忘返、驻步不前，摊贩们个个笑靥如花，赚得盆满钵满。

转眼，7月酷暑，胡陈水蜜桃陆续上市。

"桃小七"卢学伟又忙得团团转，一边是客户电话催桃，一边是库无存桃着急。他家的70亩桃子已销售一空，他联系了东山村往年给他供桃的几位桃农，他们不是忙着摘桃就是忙着打包，也远远不够订单的量。这下可把他愁煞了，往年都是桃等人，这两年却成了人等桃。他顾不上天气炎热，赶往村对面的东山桃园。和他一样焦急的还有其他桃子收购商，他们也迫不及待地等在桃园收桃。忙着采摘的农户汗流浃背，一箩筐桃还没装满，大家就都争先恐后地往自家车上搬了，急得桃农在一旁喊着"先到先得！""一个一个来！"这些往年都是自己求着来的大主顾，谁也怠慢不得，但现在没法兼顾了。他们一边忙着，一边乐着，这起早贪黑地摘桃，苦是苦了点，但桃子不愁卖，而且卖了个好价钱，再苦再累也心甘。

为什么胡陈东山的桃花节如此热闹，水蜜桃如此畅销？中堡溪村的支委陈建春讲起了中堡溪村的"甜美"事业经。

一、以桃兴业，带富偏僻乡村

东山桃园是目前宁海县内规模最大的桃园，属胡陈乡中堡溪村东山自然村。中堡溪村地处宁海县东部偏僻山区胡陈乡，由方后、中堡、东山和河头4个自然村组成，全村共有413户1293人。

早在20多年前，这里并不产桃。中堡溪是宁海五大水系之一，穿村而过。中堡溪村土地比较多，农人种田地多，因地势低经常遭受洪涝灾害，因此，农民们感觉种田地"种饱"不想种了，"中堡"和"种饱"方言同音，真是名副其实了。穷则思变，田地没收成，村民们纷纷选择外出做手艺打工，留守村里的人们也另谋出路改变现状。1997年，老书记陈金宝和后被称"水蜜桃书记"的叶菜亦看到水蜜桃的商机，率先从奉化引进2000株水蜜桃种植，3年后硕果累累，收益大大超前。农人也爱算经济账，逢俏岂能不赶？尝到甜头的周边村民们都纷纷种起了水蜜桃，开始了这份"甜美"的新事业。但随着桃树的大量种植，还没好好尝够种桃甜头的村民们马上尝到了桃不好卖的苦头。当时市场有限，桃子一多，销售成了一大问题，桃子价格也成了问题。

酒香也怕巷子深，桃好也怕路途遥，桃好不吆喝，谁跑到这偏僻乡村来买桃呀？为破解这一困境，2008年，中堡溪村在开遍东山的桃花上做文章，首届桃花节应运而生。桃花节吸引了众多人来打卡胡陈，由花及果，打响了胡陈水蜜桃品牌，蜜桃节也是水到渠成。东山水蜜桃打出牌子后，价格年年攀升，从每斤三四元涨到七八元甚至十多元。特别是今年，卢学伟说大果都涨到15元每斤了。原来挑着担子穿街走巷还愁卖，现在足不出户却供不应求。

陈建春说，中堡溪村已创成4000亩水蜜桃特色产业示范区，全村近80%人家种植水蜜桃，其中20亩以上的种植大户就有12家，今年桃价高，收益也好。

二、以桃强基，铺就十里桃源

中堡溪的发展离不开村干部的好眼光，村民勤奋、水蜜桃品质好是关键，营销也很重要。为了营造良好的公共环境和营商环境，政府投入了大量的人力和物力，以"绿水青山就是金山银山"为指导思想，以绿水青山为"底色"，打造多彩胡陈，近年来累计投入数千万元重点打造中堡溪村。

2007年，建成东山旅游景区，占地1.2平方千米。2009年，建成东山游客接待服务中心。2011年，建成总长7.5千米的景区自行车道。2015年，建成桃文化广场，为胡陈乡及周边乡镇唯一的水蜜桃交易中心和"三位一体"现代农业服务中心，依托政府牵线和农技专家助力，搭建水蜜桃生产、供销和信用三大合作平台，并联合其他公司和乡村旅游在线营销平台，构建"互联网＋乡村旅游＋农特产品"的发展模式。随后，建立桃文化博物馆,还办起了桃园音乐节。同时,完善了农业休闲观光旅游硬件设施,新建了自行车驿站、购物中心、桃园风车、桃香亭和露天茶吧等,并延伸木栈道、登山游步道和自行车道。2020年,开展中堡溪美丽河湖创建工程,改善中堡溪沿线村庄的水环境。2021年,对东山桃园进行改造升级,增加了园区的趣味性与体验感。

2021年9月,中国人民大学丛志强副教授"小裤脚团队"进驻东山村,启动艺术振兴计划,将艺术和设计元素融入东山村的建设中,提高乡村的文化价值和经济价值。他们深入了解胡陈东山村的传统文化和地方特色,发掘乡村的艺术元素和文化底蕴,挖掘村庄的桃产业,激发村民的艺术天赋,组织村民参与设计,做足桃文章,重点打造了23个渗透了桃元素的艺术节点。桃食小铺、桃花蛋等与东山桃花相映成趣,提升了村庄的观赏性,提升了乡村的文化价值和经济价值,为乡村振兴注入了艺术元素和新的活力,吸引了更多的游客前来参观和体验,提高了乡村的知名度和美誉度。

经过努力,中堡溪村"十里桃源"的知名度越来越响。村庄先后获评浙江省美丽乡村特色精品村、全国文明村、省级民主法治村、市级农家乐示范点等。

三、以桃美村,引燃乡村文旅

随着近年乡村旅游的发展,中堡溪村以打响水蜜桃品牌为契机，极力打造桃文化，带动桃产业链的快速发展，带动旅游业、服务业和其他行业的发展，打开村民共富的大门。

比如，由水蜜桃带动的旅游业收入非常可观。经过多年的努力，东山桃园已成为国家 AAA 级旅游景区，依托东山桃花节、水蜜桃节等农事节庆打下的好口碑，东山桃花节获评"宁波旅游节社会办节"一等奖，桃花节期间单日游客人数突破 10 万人次。中堡溪村村民不仅不愁卖桃，当地的农产品也搭上了快车道。他们建起了农家乐、民宿，参与乡村旅游相关产业。目前民宿客床基本能满足日常游客饮食需求，年收入可达 7000 多万元。

"桃之夭夭，灼灼其华"，从阳春三月赏桃花开始，到盛夏水蜜桃采摘，整个周期带动了乡村游。春赏桃花夏尝果，除此之外，各种风景和体验吸引着城里人，田园采摘、乡间行走、溪边喝茶、桥下嬉水，视觉盛宴与舌尖美味完美结合。村民的初心是为了卖桃，以花为媒做引子，继而让人们感受到了胡陈的田园味道、中堡溪碧水流长、戊己桥的 48 洞风景……东山桃园成了人们心中、眼里的桃花源，多彩胡陈吸引八方来客，生态胡陈带动全域旅游。村民的腰包鼓起来了，眼界开阔起来了，不但经济收入增加，而且文化生活也丰富起来。如此下来，中堡溪村的桃树由花及果入了游客的眼和心，桃子自然成了抢手货，走出中堡，走向云端。"桃小七"卢学伟说，新鲜娇气、水嫩多汁的水蜜桃禁不得长途磕碰运输，他便研发了具有胡陈特色的水蜜桃包装盒，通过分解包装和保鲜技术，使胡陈水蜜桃从田头走向云端，完美地飞往全国各地，卖出中华名果该有的好价钱。

一棵桃树，双节齐下，多方助力，引燃一个村庄乃至一个地域，铺就乡村振兴的共富"甜蜜"路。中堡溪村的今天，犹如这闻名遐迩的胡陈水蜜桃，开最美的花，村庄美丽如画；结最甜的果，带动乡村经济，助力共同富裕，村民生活甜蜜如饴。

2023 年 8 月 9 日

后 记

爱看秋花艳满山

老实说,小时候我就有个作家梦。

我是大山里的孩子,小时候没走出过大山,也没读过多少书。姐姐上初中时买了不少连环画和作文书,它们便成了我的精神食粮,加上天马行空的想象,我的小学作文占了班级黑板报的半壁江山。那时语文老师方贤蒙表扬我,说我长大后能成作家,于是我就开始梦想能成为作家。进宁中的第一次语文课上,语文老师吴永夫的命题作文是《二十年后的我》,我就把自己想象成了一位作家。上大学了,如愿进了中文系,感觉离梦想又近了一点。开学初写的作文《我的课桌》,写作课老师孙武军在课堂上读了,同学们捧腹大笑于我的幽默语词。可是此后四年,我都是悄无声息,连块豆腐块也没见报。没机会成为"出名要趁早"的张爱玲,就自我安慰还没到二十年呢!厚积薄发,二十年后也不迟,人家鲁迅也是大器晚成,发表成名作《狂人日记》也是在三十六岁之后。四年之

后　记

后,怀揣着毕业临行时恩师的教诲"心甘情愿做一辈子老师",走上工作岗位,教书、育人。搞文学社,辅导学生写作,把学生的作文从头到尾改个遍,自己拿起笔来想写点东西却不知从何写起。就这样,二十年一晃而过,还是无作成名,再也找不到借口了,我承认自己不是当作家的料,作家梦就此作罢。

年过不惑,卧病多年的父亲突然离世,女儿也上了大学,突然感觉心里好空,便偶尔静下心来写点小文,回忆父亲、故乡和儿时,也写写身边的人事、旅游美食,不期望投稿发表,只是自娱乐人,自建了微信公众号"南方写意"不定时发布,在与读者的互动和鼓励中培养写作兴趣。"南方"是我的网名,因为简单、普通,且名中有姓,后来也成了我的笔名。至于"写意",是我想过的生活,也是我想用写意的笔法去描绘的生活,如写意画中的墨色笔触,时浓时淡,时正时乱,随性发挥。我在山村里长大,山野自由的风和随性生长的万物熏陶了我。我也喜欢自由、随性的生活,如蒙田所说的"生活得写意",跳舞的时候便跳舞,睡觉的时候就睡觉。

有一次,"乡土宁海"微信公众号的李恒迁老师邀我写一篇关于潘天寿的文章,作为大师诞辰一百二十周年的纪念。我从小敬仰这位国画大师,父亲常和我说起,但我自觉学问浅薄,"乡土宁海"公众号的粉丝又多,不敢造次,便翻阅了大量的资料,并赶在2017年3月14日潘天寿诞辰一百二十周年纪念日交稿发布了《父亲的故乡里,有我的身影》,近三千次的阅读量使我对写作的兴趣大增。暑假期间又加入了去江西乐平考察古戏台的队伍，我惊叹于乐平古戏台的精美，后来才得知宁海的古戏台更精致。入门方知学问深，我惊叹于宁海地方文化的精深，从此加入了地方文化研究的队伍，开始深入社会，对地方文化有了更多的接触和记录。通过田野调查和资料查询挖掘宁海的地方文化，整理写文，公号发布，忙碌并且快乐着，因为有很多朋友会关注我并且鼓励我坚持写作。我也越来越热爱宁海这片热土，用脚步去丈量，用笔触去记录。那些充满浩然正气的地方人物、散落山野的古村民居、隐匿乡野的人文逸事、令人难忘的故乡美食、流传至今的民俗技艺都成了我笔下的文字，很多在《宁波日报》《宁波晚报》《今日宁海》和"学习强国"学习平台等媒介发表，我还先后加入了县、市作家协会和中国民间文艺家协会。与友人聊天，偶尔也会被调侃为"方作家"。

  承担了学校地域文化一课的教学后，我通过不断学习提升自己，融会贯通，也在教学中融入宁海本土的文化资源，使更多的学生在学习该课时能真真切切地感受到身边的地域文化。我认真教学，把貌似不务正业的研究写作与课程教学连接起来，把问题变成课题，取得了一些成果，在宁波开放大学郭玮、赵淑萍等专家的带领下，加入宁波开放大学地域文化课程教学团队。团队的力量让我们走得更远，经过不懈的努力，我们的课程入选教育部课程思政示范课程，我们的教学团队同时入选教育部课程思政教学名师和团队。我负责的南方写意工作室获批宁波开放大学名师工作室，学校对我

后 记

的工作给予了肯定和支持。感谢宁波开放大学和宁波开放大学宁海学院的大力支助,使本书得以顺利出版。

我不知该如何来鉴定自己是否已成为作家,网上关于作家的定义是指以写作为主的文学创作工作者,也指文学领域有盛名成就的人。我感觉离之还相距甚远,但如果按照加入作家的专门组织作协来说,三十年后的我加入了作协,也算是梦想成真,尽管迟了十年。我以为,与其说自己是作家,还不如说是一个文字记录者。"古来万事东流水",从来人生少百年,时光易逝,物是人非,那些留不住的时光、人物和故事,就用文字记录下来,让它们成为历史长河中的朵朵浪花,任人追逐。我喜欢潘天寿先生回故乡宁海夜宿温泉时题的一首诗:"踪迹十年未有闲,喜今便向故乡还。温泉新水宜清浴,爱看秋花艳满山。"尤爱其中"爱看秋花艳满山"一句。人生一世,若比作四季,半百之年,似生命之秋,耕耘半辈,应该是收获之季。春花本烂漫,秋叶亦似花,"土地上,一个开花的季节",不论春秋,希望我的那些作品也能在生命的秋季里另有一番绚烂。

本书收录我近几年创作的四十余篇作品,主要立足地域文化,彰显地方特色,弘扬地方精神。本书共由四个部分组成,走村过庄,皆似故乡。画故乡形,谈故乡艺,品故乡味,忆故乡事。描绘宁海村庄风景,记录民间技艺、语言、风物和精神等的传承,介绍美食及制作方法,讲述村庄变迁、振兴之路。内容多选自微信公众号,因受篇幅影响,照片、内容等多有删减。为方便对照，每篇文章都写有发布日期，敬请关注微信公众号"南方写意"，可根据日期寻找到相应文章，查看更多图文。

  本书图片部分由本人拍摄，更多的来自徐培良、尤才彬、周衍平和缪军等摄影师的无私奉献。对于大家的帮助和支持，谨在此表示诚挚的谢意。同时，感谢宁波出版社在本书出版过程中所付出的辛勤劳动。书中难免有疏误之处，敬请大家不吝赐教、指正。

方秀英

2024 年春